ちくま文庫

# 老人とカメラ

## 散歩の愉しみ

赤瀬川原平



筑摩書房

# まえがき

写真は趣味に限る。好きで撮るのがいちばんである。

ぼくはカメラが好きで、シャッターを押すのが好きだ。でもせっかくだからと中にフィルムを入れてシャッターを押すと、写真が撮れる。どうせ撮るならというのでいろいろ被写体を探して、これは面白い、というのを見つけてシャッターを切る。

これが面白いの「これ」とは何か。考えだすとわからなくなるけど、それがカメラを下げて歩いているとわかるから不思議である。頭の考えじゃなくて感覚でわかる。

足でわかるということもある。カメラを持って歩いていて、面白いものを見つけると足が止まる。止まらなければ、とりわけ面白くはないのだろう。

というのでカメラには散歩がつきものである。いや散歩にカメラがつきものか。

どうもこのところ老人力がついてしまって、言葉を取り違えたり、物忘れしたり、頭の働きがアバウトになる。非常に良い傾向である。

若いころの頭は何でも考えようとして、空回りばかりしていた。それがここへきてぐっと老人力がついて、頭の働きが鈍り、空回りが減ってきている。

むかしだったらすぐ考えてしまう問題でも、

「まあいっか」

というので頭がパスする。そうすると問題は頭から手や足の方に移され、手はいつの間にかカメラを持って、足はいつの間にか散歩に出かける。その関係がじつによろしい。

可愛いカメラには旅をさせよ。

フィールドワークの気持よさは、頭の独走を止めるところにある。路上で予想もしないものにぶっつかり、目を奪われる。目を奪われたときには頭がきょとんとしているわけで、その頭のきょとん感が体には気持いい。で、カメラを構えてシャッターをパシン。

頭が考えるのはそれからだ。出来てきた写真を並べ変えたり、あれこれ意味を考えてみたり。

まあそのくらいはいいだろう。頭だって人間の一部だ。写真のキャプションぐらいは考えさせてあげなきゃ。

歳をとるとだんだんそういう流れになってくるのだ。若いうちからそうであれば大したものだが、凡人には難しい。

でも有難いもので、歳をとるとそれが凡人にも可能になってくる。カメラと散歩すれば、どこかで頭がきょとんとする。きょとんとしなければ、それはまだ散歩が足りないのだろう。

歳をとると、さいわい現役を引退する。現役中にだんだん窓際や出口の方に押しやられていたのが、すとんと現役世界の外に出る。あるいは雛壇の上へ上へと押しやられていたのが、すとんと。

そうやってやっと散歩空間に出てくるわけで、がっくりくる人もいるらしいが、それはカメラを持っていないからだ。いやカメラに限らずスケッチブックでも、メモ帖でもいいんだけど、ぼくはまずカメラですね。

# 老人とカメラ——散歩の愉しみ

# よく出る小便小僧

浜松町の駅のホームにある小便小僧。もとは裸の銅像だけど、この駅では服を着せて帽子をかぶせてもらっている。小便小僧のファンがいてたくさんプレゼントを届けるらしい。

とはいうものの、こうして服を着せるとその小便が生々しくなる。造形とかシンボルとかを超えて本当の小便みたいだ。近年は生の尿を飲む健康法が流行《はや》っているので、みんなこっそりこの「尿」を飲んだりしないだろうか。

しかしあれはたしか自分のでないと意味がないので、これを飲んでもムダである。

「これは健康に効きません」

という立て札が必要だ。

しかしムダというのもおかしいか。

# 海の男の掛軸

「駐車禁止」の表示はよくあるが「駐船禁止」ははじめて見た。

伊勢の先の鳥羽の先の石鏡《いじか》という漁港で見つけた。漁船から水揚げをする市場みたいなところで、この右の柱には、

「市場前の停船禁ズ　組合」

と書いてあった。船の世界でも駐船違反というものがあるらしい。海は境界のない広い空間だから道路とは別世界と思っていたが、たしかに考えたらこういうこともあり得る。スピード違反もあるかもしれない。飲酒運転もあるのか。しかし海は広いから、飲酒運転も水割り運転になるのか。

こういう文字は、字としてのそっけなさが凄《すご》くいい。何のてらいもない。海の男の掛軸というか、ずばりとした感じが見ていて気持いい。

この湖に船をとめるな

## 侘《わ》びと寂《さ》びの激突

あれま、と思った。自動車ではあるが。

ミニトラックの運転室のボックスのみである。とにかくもうそれだけで、あとは書くことがない。

これも石鏡《いじか》で見つけた。海沿いの崖に群生しているような家並がじつに表情豊かで、それを楽しみながら歩いていたらこれがあった。

一見棄ててあるけど、これはしかし棄ててあるというより、ここに置いてある感じだ。ときどきこの中に坐って考えごとでもしている気配。その証拠に天井に雨漏り防止の手当てがしてある。単なる粗大ゴミではなく、家族の一員というか、必要な物としてここに安置している雰囲気だ。それにしても、この物件の笑おうとしても笑うヒマのないような迫力は何といえばいいのだろうか。

# 鬼瓦の番長

香川県に呼ばれて路上観察に行った。

地方都市は小さい。町と町の間は田園がつづくので、路上観察学者はどうしても車を使う。もちろん車からも目が離せない。ブロック塀、マンホール、看板、貼紙、一瞬にチラリと見極める。といってよほどのものでないと、急に停めてくれとは言いにくい。

でもこの物件のときはさすがに停めてもらった。仲間の林丈二さんと同乗だったが、思わず二人同時に、

「おっ！」

と声を上げた。たしかにこの辺りはどの家も瓦の飾りが立派だけど、ここまで派手で凄いのは見たことがない。だいたい鬼瓦というのは観念世界に向けたもののはずだが、これはモロ、現実世界での威嚇だ。屋根の上で虎が明らかに、

「オンドリャアーッ！」

と発声している。

風化の奇蹟

たしか香川県だった。海に近いような町じゃないか。路地を曲がりながら、ふっとこんな物を見つけた。よく見たらとんでもないもので、しかもほとんど見えない。我ながらよく見つけたもんだと思う。ちょうど光の具合がよかったのか。「胃活」というのは明治とか大正とかの時代の雑誌によく広告が出ている。胃薬らしい。それがそのまま家の羽目板にレリーフ状に。

まさか彫ったわけではないだろう。

表札などで、墨書きの文字だけ風化に耐えて浮き上がっている。あの原理ではないか。といって羽目板にいちいち墨書きしたとは考えられず、おそらくここに宣伝ビラを貼ったのだろう。その紙の印刷インクの濃淡が、長い年月の風化で板にまで作用した、と推察する。自分の路上観察の中で、一番珍しい、呆れるような物件である。

高級
かぜねつ
やっぱり
ワット本舗

# やっぱりそうだった

香川県の路上観察で、ポイントを車で移動していた。このときも同乗者は林丈二会員。そしてこのときも二人同時に発声した。

「お……」

激しい発声ではない。あれ？　というような、何だろう、という感じで二人顔を見合わせる。車はどんどん走りつづける。

やっぱり、ちょっと停めてもらおう。運転手さん、ちょっと戻ってもらえますか。古い昔のホーロー看板は必ずチェックしているけれど、いま何かはじめての物を見た。二人とも反応したんだから間違いないはず。

車がすうっと戻った。看板は、

「やっぱり」

あ、やっぱり。いやこれシャレじゃないんだけど、やっぱりやっぱりだったか。

しかし風邪に「やっぱり」というのは凄いネーミングだ。最高である。風邪にはやっぱり「やっぱり」。昔の人は凄い。

# 仏の慈悲

あーあ、パンダもむかしは押すな押すなの人気者だったのに――なんてことを考えてしまう。

とうとう落ちぶれて上野動物園をクビになった。どさ回りをしながら生ゴミをあさっている。これは珍しいとカメラを向けたら、

「何よ、あんた……」

という顔をしてこちらを見ている。でもこちらに飛んできてフィルムを抜き取る、というほどの元気もない。

まあ、人間だってパンダだって、照る日もあれば曇る日もある。気を落すんじゃないよ。見栄や外聞が何だ。問題は自分の心だよ。なんてゴミに声をかけて歩いているのは、仏の慈悲というか、殺生の戒というか、だからこうしてゴミのパンダにまで見つめられてしまった。

## 恐怖のドブ板

この店に入ろうと、一歩足を出したとたんに「ジャイーン！」と高速回転がはじまり、両脚二本とも足首からスパーンと切り落される。という恐れを抱いてしまうような鋼鉄のドブ板。

むかし大正時代にちょっと頭のおかしい資産家の建てた「二笑亭」という家があった。凝りに凝ってはいるんだけど、それが常人の凝り方とは違う。その実際の写真を見たが、趣味を超えて、芸術をも超えて、非常にきちんとしているけど何か恐怖すら感じて、感動した。その「二笑亭」を小説として書いたとき、こちらも負けじとイメージをふくらませて、小説の中の家の土間には鋼鉄の丸鋸《のこ》を敷きつめた。もちろん現実にはなかったものだけど、それがこんな四国の香川県の路上の現実の中にあったとは。

# 文学の匂い

香川県のどこだったか、とにかく港町だ。

何かしら気分ぴったりの看板。ぼくは一瞬文学かと思った。旅館の名前に夕暮である。何となくうらぶれた侘びしい気持。でもその気持が現実からちょっと浮いて、ロマンの隙間を漂っている。

「出張員歓迎」というのもいいなあ。いまどきあまり聞かない。出張はいまもある。でも最近は「出張員」とはいわないですよ。

「北入る二軒目」とある細道をそうっと入って行くと、ほかにも小さな地味な旅館がいくつかあった。おそらくどれも「出張員歓迎」なのだろうが、まだ夕暮ではなく、ぜんぜん音がしなかった。

夕暮旅館
出張員歓迎
車庫有り
北入る二軒目

# ウタマロが怪しい

富山でNHKの路上観察の番組にお付き合いして、終ってから仲間と銭湯に行った。観音湯という立派な屋根をいただく銭湯で、なかなかよかった。やれやれ、というので出てきたら、角の家にこんなホーロー看板があった。

ナプキンというのは女性用のものだと思うが、ウタマロとつくと何だか怪しげな雲がたちこめてくる。生理用品になぜ怪しさが必要なのかわからない。それともウタマロをすぐ怪しげと解釈するこちらが怪しげなのかな。

マークが四つ葉のクローバーはいいとして、この看板の形は何だろう。栗だろうか。栗には何の意味があるのか。しかも二つ並んで。別に何もないかもしれないが、ウタマロとあるばっかりに、いろいろと怪しげな詮索をしてしまう。

ウタマロ
ナプキン
ウタマロ
ナプキン

## ゴッホとモンドリアンの家

じつに迫力のある家。ゴッホでもこうは描かない、というほど屋根のてっぺんはぐにゃぐにゃで、しかし壁はきちんとした直線のモンドリアンの絵みたいで、ところが白い漆喰《しっくい》はばらばら剝げ落ちて、その景色が織部好みというか、抽象絵画というか。

ぼくはこの建物を見て二重に感動しました。一つはいまいった建物の有様だけど、二つ目は、これが宮武外骨《がいこつ》の生家だということ。

これは、香川県での路上観察。あちこちと動きながら、ふと気がついたら住所が外骨生家の近く。よし、と探して行ったらこの凄味なのだ。外骨の膚に触れた感じで感動しました。宮武外骨が何なのかわからない人は、ちくま文庫の『外骨という人がいた!』(尾辻克彦著)をご参照下さい。

写真左下を二人の怪しい人物が行く。路上観察の仲間で、先頭が建物探偵の藤森照信、後ろの黒いコートは南伸坊。

# 台風直下の竜宮城

香川県はどこに行っても屋根の鬼瓦が立派だ。たんなる鬼の顔だけでなく、福助がいたり、お多福がいたり、リアルな虎が吼《ほ》えていたり。

これなんかは物凄い。角の鬼瓦だけでは満足できずに、屋根のてっぺんの棟に一列、エイリアンみたいなものが見える。水がはねているのは屋根の上の火事除けのシンボルだけど、これはその水の中で竜が暴れていて、右の方には台風で流されたような家もある。いくら水が火事除けだといっても、ここまでやることは……。

地元の人に聞くと、これは竜にまつわる玉取り物語を瓦にしたものだそうで、右の家は台風の被害ではなく竜宮城だという。

## ギリギリの意味

出雲の松江に、松江城というのがある。これは熊本城みたいに昔からのそのままのお城で、内部構造も手を加えずにそのまま残っているのはほかにはないんだと、地元の人は自慢していた。たしかにでかい木造階段などの擦り減り感は凄い。で、帰るとき、出口近くでこれを見つけた。お城の出口ギリギリの門の跡ということなのかどうか。もう一つ「ギリギリ井戸跡」というのもあって、これも何がギリギリなのかよくわからない。井戸を掘って、工事期限ギリギリで水が出たのか。

それともそういう意味のギリギリではなくて、この辺りに昔ギリギリ族というのが住んでいて……。まあ訊けばわかるのだろうが、訊いてはつまらないのである。

ギリギリ門跡

# イロイロなきのこ

縁結びで人気のある出雲の八重垣神社。須佐之男命《スサノオノミコト》と稲田姫命《イナダヒメノミコト》が祀ってある。八岐大蛇《ヤマタノオロチ》の退治をめぐるいろいろでめでたく結婚した神様。昔の教科書に出てくる神話の現地だから、大変古い神社だ。

ふうんと感心して歩いていたら、小さな祠《ほこら》にこういうあられもないものがニョキニョキと置いてある。おいおいちょっと、と足が止まった。縁結びの神社とは聞いていたが、これはちょっと。

でもたしかに、結ばれるというのはこれによってである。現代人はこれが恥しくて、

「いやもっと精神的な、愛の……」

とかいうけれど、はっきりいって原因はこれなのだ。これを直接奉納する正直が凄い。

奉献

# Uタン撮影

九州の五島列島の福江島。東京の羽田空港から福岡行きの飛行機に乗って無事着陸し、そこからこんどは五島行きの飛行機に乗って無事着陸し、そして道路を歩いてこれを撮ってきた。

この壁の文字がよほどイワレのあるものかというと、そうでもなくて、はじめは暴走族の落書きかと思った。それにしてはちょっと気が弱いのでよく観察すると、

「Uタン禁止」

と読める。

「Uターン禁止」

が簡略化されてこうなったのか。あるいは間違った可能性もあり、禁止の禁の字の点が二つ足りないようだが、まあ意味は通じる。

とにかく写真を撮って、それからまた福岡行きの飛行機に乗り、そこからまた東京行きの飛行機に乗って無事帰ってきたのだ。

Uタン

# 魚眼の鼻先

一回だけ親バカをやらせて下さい。

じつはこの間魚眼レンズをはじめて買って、魚眼といっても完全に丸く写る魚眼ではなく、ぼくの買ったのは対角魚眼。つまり四角い画面の対角線で百八十度、つまり右上の角から左下の角までに目の前百八十度の光景が写るというもの。

何しろ生れてはじめてそれを買ったので、嬉しくて面白くて、身の回りのものをパチパチ撮った。そうしたらニナが寄ってきた。ニナはうちの犬で、雌ですよこの顔。

いいなあ魚眼レンズ、と思っているのかどうか、顔が笑っている。魚眼レンズなので猪みたいな顔になった。撮影者のぼくの膝まで写っている。影を見ると犬の鼻先からレンズまでの距離がわかります。（次ページ）

## 発砲の島

鹿児島の南の海の屋久島である。縄文杉で有名だ。ぼくも行ったからには五時間歩いて登って、ちゃんと見て触ってきた。

明くる日帰る前に車を走らせていたら、この看板だ。

びっくりした。

周りにピストル男がたくさんいるのかと、思わず見回した。慌てずに落ち着いてズドンなんてやられたらたまらない。

しかしちゃんと真面目な看板なのでよく考えてみたが。

ピストルではなく猟銃らしい。屋久島は密林の島。猿も鹿もたくさんいる。猿は撃っていいのかどうか、いずれにしろ森の中でのことで、慌てず、焦らず、落ち着いてズドンなのだ。

なるほど、と納得してまた車を走らせていたら、

「何はともあれ、銃はまず保管庫へ」

という看板もあった。大変な島である。

発砲は　あわてず
あせらず　おちついて

# タイヤゴン

香川県を歩いていて、ラクダや水牛か何かがいる気配に足を止めた。でも動物ではない。これはたぶんバイクの廃車だろう。古いシートカバーをかけて、古いタイヤを立てかけたり背中に乗せたりしている。いまつい「背中」と書いたが、やはりもう頭の中では動物なんですね。丈夫そうな動物。下に並ぶタイヤは脚だ。太い脚を折り曲げて地面にしゃがんで一休みしている。

タイヤゴン。あるいはシートゴン。シートカバーゴン。ゴンをつければいいわけではないが、バイクゴンともいえる。シートをめくったらホンダゴンかもしれない。

# 曲がってはいるが

那須塩原である。大雄寺という禅寺に坐禅を組みに行った。別に麻薬とか不倫で反省の必要があったんじゃなくて、ちょっと体験である。

で、町を歩いていたらこの張り札があった。曲がった時代は神を認めない、といっている横でパイプが曲がっている。

黒地に白文字のこういう張り札はあちこちの町でよく見かける。だいたいが聖書関係の言葉が書いてあり、ふつうは左下に黄色い字で「キリスト」とある。

この張り札には「キリスト」の文字がない。神を認めないとあるし、ひょっとして無神論者なのか。まあそれはないと思うが、ぼくはこういう偶然を仕組んでくれる偶然の神様が大好きだ。

曲がった時代は
神を認めない

# ワイルドなテルテル坊主

大雄寺で坐禅をしたあと、やれやれというのでのんびりと町を歩いた。ガソリンスタンドがあり、その柱に何かくしゃくしゃのものがぶら下がっている。仕事に使うボロ切れかと思ったら、紙だ。スーパーか何かのチラシみたいだ。

よく見ると、チラシをくるくると丸めて紐で結んである。

よくよく見ると、これはテルテル坊主じゃないのか。

とすると、恐ろしくズサンなテルテル坊主。ふつうはちゃんと白い紙か布で作るものだが、こんなぐしゃぐしゃのチラシで作ったんじゃ、天気になるどころか、どしゃ降りで雹《ひょう》が降って雷が落ちてしまうんじゃないだろうか。

あるいは明くる日嫌なことがあるので、天気が崩れてほしいのか。

# 豪華な飛び出し

イリオモテヤマネコで有名な西表島へ行ってきた。字が違うと思うかもしれないが、西表と書いてイリオモテと読む。

西をイリというのは何故かというと、日が入るからだろう。日の出じゃなくて日の入り。西の海に日が沈む。日本列島のずうっと西に近い島だ。

ドライヴしていたらこんな看板を見つけた。子供の飛び出し注意はよく見るけれど、イリオモテヤマネコの飛び出し注意ははじめてだ。じつに豪華な飛び出し。

ぜひ飛び出しの現場を見たかったが。

でも、この看板は受け狙いの疑いもある。イリオモテヤマネコがなかなか発見されなかったのは、そもそもは人前に飛び出しにくいからだ。でも人のいない夜には飛び出すのかもしれず、まあともかくこの看板があることで、人はここがイリオモテヤマネコの島だということの実感を味わえる。

イリオモテヤマネコ
とびだし注意
環境庁・沖縄県・竹富町

# 酒と事故の関係

これも西表島《いりおもて》。

いわんとすることはわからないでもない。あまり浮かれて呑みすぎちゃいかんということだろう。でもこのように書かれてしまうと、じゃあ陰気に呑めば事故は防げるのか、といいたくもなる。

みんな事故を起さないように酒場で陰気な顔をして酒を呑んでいる。みんな低い声でぶつぶつとグチをいっては酒をあおる。

たまに誰か、こらえきれずに高い声で歌ったりすると、すかさずほかの客に、

「ばか！　事故を招くぞ」

と注意される。

ということはないだろうが、でもやっぱり妙な看板である。

陽気な酒ほど
事故を招く
上原公民館

# 石垣島の壁絵

石垣島でアンガマという沖縄のお盆のお祭りを見たのだけど、そのことは書くと長くなる。

暑い石垣島の町の中を歩いていると、壁にこんな絵があった。小さなビルの一階の壁で、見ると右の方に、床屋かと思ったら美容院があった。

いいなあ、この絵。ピンク色っぽい壁の上に、黒いシルエット。白い線で囲んである。色もいいし、シミもいい。センスもいい。日本離れしている。しかも沖縄離れもしている。グリムの童話みたいだ。

上にはたぶん看板があったのだろう。その横棒だけ残って、それが天井みたいでまたいい。いいいいの連続だけど、これがじつはライカⅢｆで撮ったのでよけいにいいのだ。だからどこが違うといわれても困るが、こういうのを楽しい自己満足という。

消火

# 燃える消火栓

高千穂は宮崎県の山の上の方にある。神々が降り立った所。そこへ旅したついでに、さらに山を越えて椎葉まで行った。平家の落人集落として有名なところだ。さすがに落人だけあって、車でもたどり着くのに大変な所である。

そこに鶴富屋敷というのがあって、これが当時からのじつに古い建物で、その庭に消火栓があった。

といってもこの消火栓に由緒があるわけではないのだけど、カバーの表面の赤い塗料が風化して、見事な山水画になっていたので写真に撮った。

ほとんど中国の桂林だ。どうしてこうなったのかは知らないけれど、自然というのは不思議なことをするもんだ。自然にとっては不思議でも何でもないのだろうが、それを人間が見ると不思議に見える。不思議を作るのは人間の頭の方なんだろう。

この信号は
変わりません

# 変な信号

変な信号である。山道の林の、地面から急に出てきたロボットみたいだ。

赤信号だからじっと止まって見ると、

「この信号は変わりません」

という札がぶら下がっている。

字の読めない人だったら大変ですね。ましてそれがBAKA正直な人であれば、赤信号でじーっと止まって、いつまでもいつまでも時間だけが過ぎてゆく。

じつはこの道の先にお寺がある。もう一本左側にも道があって、両方で上りと下りの一方通行なのだ。つまりここは下り専用だから進入するなという信号。

それなら青はいらないようだが、赤だけだと信号機にならないと考えたのだろう。

人間の頭はいろんな働きをする。

## ろれつの問題

何だろうか。

「ああ、世、世、世、」

というのは何かに慨嘆しているような、そんな気持が汲み取れないこともないのだけど、その後にいきなり、

「神のことばを聞け」

というメッセージである。大変な前衛というか、現代詩というか。

これは文字だからいいけど、これを目の前の人間に生の声でいわれたら、ふつうはまず警察に電話だ。

ああ、世、世、世、
神のことばを聞け

# 季節の一瞬

浅草から東武鉄道で会津田島というところ。町を歩いていたら真っ赤な家があった。蔦《つた》のからんだ家はよくあるが、それが紅葉したのを見るのははじめて。

黄色ぐらいは都内でも見かける。でもこれは見事に真っ赤。もと郵便局の建物で、いまは倉庫みたいなことに使われている。しかしこれほど見事に紅葉すると、倉庫にはもったいない。美術館か、料亭にもいいと思う。でも紅葉は一瞬だからやはりムリか。

しかし自然の力は豪華である。

そのあと車で駒止湿原へ行った。その辺りはもう全山紅葉で見とれてしまったが、でも地元の人には、一日遅かったな、と言われた。

正しい人はいない
聖書
新発売

# やっぱりいないか

会津田島からさらに山奥へ向かったのだけど、時間の都合でちょっとだけ町を歩いていたら、いきなりこのように言われた。

声に出して言われたのではないが、いきなりこのような言葉にぶつかると面喰らってしまう。

「正しい人はいない」

うーん、たしかにそうだ。瞬間正しい人はけっこういるだろうが、ずーっと生きている間中全部正しい人というのは、いないかもしれない。でも世の中の陰に隠れて少しはいるんじゃないかと思うが、

「いない」

とこのようにはっきり断言されると、参りました、というほかはない。

この手の宗教関係の張り札はよく見かけて写真に撮るが、ときどきこういうとんでもない表現に唸らされる。宗教の力というのは、やはり何かを超えている。

# 鰹の町の標識

高知県は土佐清水。秋の下り鰹を食べに行った。一般的には春の初鰹が有名だが、地元ではあまり重きを置いていない。

初鰹というのはまだ子供で、脂がのってないという。それよりも夏を北海で過して秋に下ってきた下り鰹の方が抜群に美味しいという。

とかいろいろ講釈はあるわけだが、この写真はそれとは関係なくて、そういう美味しい下り鰹を食べに行く途中の道にあった標識。お多福さん的親子顔のデザインがあって「こどもの道」という文字が見える。でもそれが何かの具合でこのように腐蝕して、何だか口うるさいお爺さんのような顔になった。「も」が真ん中に残されていて、へのへのもへじとの共通点もある。

港町は潮風が吹くので腐蝕が早い。ということは、侘《わ》びや寂《さ》びがどんどん訪れる。暮すのは大変といえば大変だけど、その分じつに味わいがある。

# 沖縄で見たくるくる錠

沖縄の首里城が再建されたのを見に行った。首里城の石垣は前に行ったときに見て、その独特の形態に感動したが、今回はそれにプラス新しい石での再建部分が延びている。なかなかいい。

建物の方は戦禍で全壊したのでまったくの新築。これがじつは赤茶色の総漆塗りで、ちょっと意外だった。

沖縄まで来たとなるといろいろ見たくなる。戦前の家として保存されている山中家を見に行った。道を挟んで向いに観光客のための施設があって、その池の部分の入口にこういう錠前がある。

いちおう錠を掛けた状態だけど、外そうと思えば鍵がなくても外せる。でもちょっと時間がかかり、くるくる回していくうちに目が回る。そこで泥棒がぶっ倒れる。という筋書きだろうか。

そういうのんびりした遊び気分があって、じつに気に入っている。(次ページ)

# 埼玉の野良ライオン

埼玉の路上観察。田園地帯は車で移動する。窓の外を眺めていたら、草原にライオンがいる。びっくりして停めてもらった。

最近の町の中にはよく小さな公園がある。都市開発をした場合、その広さに見合った公園を造るという規定があるようで、その面積だけ土地を空けて、申し訳みたいにブランコや滑り台を置いてある。パンダとかライオンも置いてある。それがあまりにもお座なりの場合は、使う人もなく、草ぼうぼうとなる。

これがその一例。お陰でライオンは野生に返って気持よさそうだ。でも人間としてはちょっと怖い。ひょいとこちらに向ってきそうで、これはなかなかの名品。自画自讃してもしょうがないが、遠くの山並も、ライオンのお陰で雄大な野生の山並に見えてくる。

## 粗暴な善意

石燈籠《いしどうろう》がパイプでもくわえているのかと思ったら、蛍光燈だった。

これは愛媛県の路上である。

ずいぶん大胆というか、乱暴というか、ズサンというか、強引というか、何というか。

石燈籠の明かりは本来はローソクだ。でもローソクはいちいち面倒だというので、最近はコードを引いて電球を入れたりしている。でもいちおう、「入れる」わけだが、この場合は大胆というか乱暴というか、ズサンというか強引というか。

とにかくいきなりボルトと材木である。

そりゃあたしかに場所を得たものではあるが、しかし、まあしかし。

粗暴で、毛むくじゃらで、鼻息の荒い、凶悪なる巨大猛獣の善意というのが、まあたとえばこういうものであろうかと、そんなことを考えた。

## じつは郵便局

愛媛県。ああここにも廃屋がある、と思って通り過ぎようとしていた。ただのアバラ家じゃしょうがない。

でも何か味を感じて、何だろうかと思ってよく見たら、これは昔の郵便局なのだった。

皆さん、よくご覧下さい。軒の斜め線にそってレースみたいな切り込みがあり、そこに一つ一つ「〒」のマークが。

そうか、と思って見回すと、なるほどあちこちに郵便局らしい夜間窓口や、屋根の上にも「〒」の印があって嬉しくなった。

これは名建築だ。

と一気に思う。いまはこういう手間のかかることはみんな避けて通る。ケチな世の中になったもんだと、しばらくこの廃屋に見とれていた。

# 富士山は五千円

本当は元日に行きたかったけど、そうもいかず、一月下旬、富士山を見に行った。東京から車でぐーっと回って、これは本栖湖だ。夏になるとキャンプで賑わうらしいが、冬は誰もいない。

物凄く静か。

水が綺麗。

波打際にお札が。

五千円札。

裏側。

富士山がある。

じつは五千円札の裏側にある富士山は、本栖湖のこの辺りから見たものなのだ。よく見ると山並が同じ。なるほど、あそこがあそこで、ここがここか。

という具合に確認できて面白かった。もちろんこの五千円札はぼくのだ。ちょうど財布の中にあった。水際に置いてみたが、風が強くて五千円損しそうなので、しっかりと根元を砂利に埋めて撮った。

## ちょっと待って下さい

富士山を見た帰り、静岡のどこかそこら辺を車で走っていると、妙な文字が見えた。

「ちょっと」

と言ってわざわざ車で戻った。

泌尿器だけでも何かあからさまで、おおやけにはしにくいものだが、その上さらに、

「指出」

だ。生々しい。

最近は手びねりの茶碗とか手揉み茶とか、手作り的なものが高級とされているけど、泌尿器の場合も、やはり高級なのは指出しですよ、ということがあるのだろうか。

本当のところは、たぶん地名か、あるいは名字だろう。地元では何でもない当り前のことなんだろうが、はじめて見た人は驚く。

しかしこの名前、婦人科でもちょっと何だし、内科でも無気味だし、外科でもモロだし、でもかえってはっきりして覚悟が決まっていいのかもしれない。

指出泌尿器科
朝日町9－5
(24)3511
粟倉

# 霊波ドーム

沖縄本島から海中道路というのを車で走って行った三つ先の島、伊計島だ。天文台というか、電波関係のドームみたいなモダンなものだが、じつはこれは電波ではなく霊波関係の墓なのだった。

近くで畑仕事をしていた人に聞いてみると、ちゃんと先祖代々のお骨を入れたれっきとした墓らしい。もちろんこの形は近代になって造形したものだ。ちょっと羨しくなった。こういう墓に入るのなら、そのまま宇宙に飛んで行けそうでいい。

よく見ると形の基礎は六角形のもとの三角形で、やはりこれは亀甲につながっているのかもしれない。亀甲墓というのは沖縄の墓の原型である。

お墓というのは伝統の上にあるものだから、こういう形を実行するのはずいぶん勇気がいったことだろう。

# 霊も散歩する

伊計島のお墓で不思議な物を見た。

墓の形は亀甲墓を基本とするが、墓の正面脇にこうして履物と杖が置いてある。故人の愛用していた遺品らしい。こうしてあると、墓の入口が本当に家の玄関みたいに感じられてくる。霊となった故人が、ときどきこれを履いて散歩に出るのか。

でも使われた形跡はなく、蔓草《つるくさ》がからんだりして、じつに侘《わ》びているのであった。

伊計島のお墓は全部このやり方で、案内してくれた沖縄本島の運転手もはじめてだという顔をしていた。

でも物の力はやはり凄《すご》い。とくに使われていた物がこうして置かれていると、使っていた人の存在がそこに生に、蘇《よみがえ》ってくるように感じる。

# 干物の証拠写真

伊豆下田。いわゆる一つの観光地だけど、コースをちょっと外れると魚を干していた。

最近は企業化されて、干物も大量生産の場合は電気の力で干すのが多い。その方が結果として安くつくからだけど、味としては天日で干した方がうまいというから、本当はこれは贅沢な光景なのだ。

魚はいま開きになって、たっぷり日光を浴びている。その証拠に、このように、地面にくっきりと影が映っているではないか、という証拠写真である。魚の身がちりちりと太陽の光を浴びて、生から干物に変りつつあるところである。

このようにして世の中は変化する。このようにしなくても世の中は変化するけど、カメラはニコンEMだった。

# 中古カメラのすすめ

レチナIIC

カメラは老人の必需品である。

いや若者を差別しちゃいけない。最近の若者は若くして老人力を身につけた人が多く、やはりカメラは必需品である。

この時代にはいろいろな不幸があるけど、カメラの充実度という点では幸福である。昔はカメラなんて高嶺の花であったが、いまはその気になればすぐ手に入る。いまほどカメラが安い時代はない。しかも町には中古カメラ屋があって、現役引退のさらに安いカメラがたくさん並んでいる。現役引退といってもちゃんと動くし、じつに良く撮れる。昔のカメラは気品がある。いまの電子と

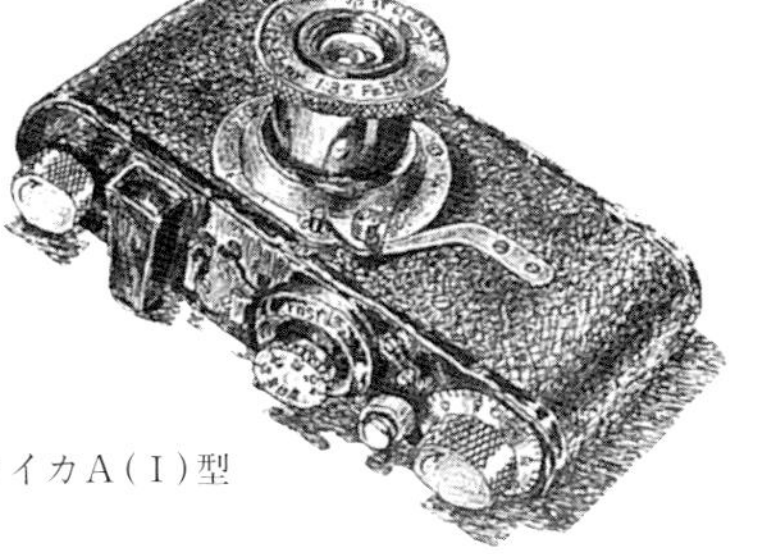

ライカA（I）型

プラスチックのカメラは便利で良く撮れるけど、気品のないのが玉に瑕だ。昔の金属製の機械カメラは、カメラである前に物としての気品にあふれていて、見ているだけでも気持よく、手にするだけでも満足である。それにさらにフィルムを入れて写真を撮れば、大満足だ。しかも安い。これを放っておく手はないだろう。こちらも現役引退なんだから。

あくせくとこの世にコミットしていた時代には、他人を気にして新製品に見栄張りの高い金を払ったりするけど、人生も散歩の自由時間に突入したのであれば、他人のことよりまず自分が楽しまないと、後がない。

そうなると、ますます中古カメラはおすすめである。仕事にはAFオートの方が早くていいのだろうが、こちらは仕事じゃな

キャノンⅥ－T

い趣味だから、自分が楽しむだけなんだから、何も急ぐことはない。手でピントを合わせる旧式の方が、時間もかかって楽しみも伸びるというもの。

じっさいの話、いまのオートのカメラで撮った写真は、ちゃんと写っていて当り前である。それにひきかえ昔のマニュアルの中古カメラで苦労して撮った写真は、ラボに入れて出てくるまでの間がどきどきする。本当に写っているのか。失敗してるんじゃないか。

だからラボから出てきた写真がばっちりの場合、その嬉しさは格別である。その嬉しさは金額では計れない。自分の満足感だけで計れる。歳をとればとるほどそれが一番だと思う。

老人はたしかに人生時間の後がない、といいながら、じっさいには時間はたっぷり

テナックス

とあるのだ。この痛快なパラドックス。

その痛快を楽しむのであれば、まあ中古カメラにこだわることなく、写真がちゃんと撮れれば何でもいい。弘法筆を選ばず、ということが多少矛盾するのは、この世の常というか、老人力のあかしというか。

老人老人といっているけど、これは必ずしも年齢のことではない。後がない人生だからこそ、目の前にたっぷりとある時間、それに気づく力が老人力なのである。

カメラはコンパクトな、散歩の邪魔をしないものがいい。写真は目的ではない。写真のために人生を捧げるのは若者にまかせて、とにかくカメラと散歩する楽しい時間、それを舐《な》め尽《つく》すのが老人力だ。その結果名作写真といわれるものが生れたとしても、それは致し方のないことである。

# ブロック燈籠

壱岐《いき》である。

神社だったかお寺だったか忘れたが、石燈籠である。

このように中間のところがブロックになっている。あのブロック塀のブロックをこういうところに使っている。

一つだけならまだしも、四つくらいある石燈籠がみんなこうなっていた。

石燈籠というのはよく地震で倒れる。それを再建するとき、とりあえず、というので手近なブロックの余りを使ったのかもしれない。

それもしかし燈明を入れるこの部分だけがいずれもブロックになっているので、たんに廃物利用ではなく、何か考えがあってのことかもしれない。

いずれにしろ大胆。大胆なら何でもいいというわけでもないと思うが、とにかく見た人は驚く。つい写真に撮る。

赤瀬川

# うちの信号

じつはうちの敷地が広くて、道路が走り、信号まである。

といいたいのだけど、もちろんそうじゃないんですね。

これは鹿児島の阿久根市の赤瀬川にある赤瀬川の交差点の信号なのだ。別に何の不思議もない。

のではあるが、こういうわりと珍しい名前で長年生きてきたものとしては、いきなり信号に自分の名前を見つけたら驚く。

鹿児島出身の亡父からこのようなものがあるらしいとは聞いていた。もちろん信号のことまでは知らないが、何かそういう名の川があるらしいとは聞いていた。調べてみると、大隅半島の根占《ねじめ》から入ったところに赤瀬川があり、赤瀬川滝があり、赤瀬川ダムがあった。そして薩摩半島の上の阿久根市にはこの赤瀬川という地名があったというわけである。

ちょうど信号も赤である。

# ご機嫌医院

私は赤瀬川である。

しかし酒瀬川には参った。

鹿児島の津貫である。うちのご先祖様の出身地で、今回ちょっと見に行ったらいきなりこの看板を見つけて参ったのである。

ひょっとして、ご先祖様のさらにご先祖様だろうか、と考えたりした。酒瀬川さんの、アルコールが回っていい機嫌になったところで赤瀬川となる。

順序としてはそれが正しい。

ちなみに大隅半島の根占《ねじめ》から入ったところには赤瀬川という川が本当にあるのだけど、その上流には花瀬川というのがあるのである。

この花瀬川にも参った。うちよりもイメージが華やかだ。

しかしこの酒瀬川医院のイメージもなかなか大らかである。少々お腹が痛くても、

「ちょっとこれで一杯やりなさい」

と窓口からお銚子が出てきそうだ。

酒瀬川医院
酒瀬川医院
TEL 津高19

消火器

# 火の見櫓《やぐら》の伝統と近代

大島で散歩した。東京から近い伊豆大島。近いというより東京都なのだ。その大島の、これは消防の火の見櫓である。たぶんそうだろう。そうとしか考えられない。

じつにモダンというか、ズサンというか、それでいて歴史もあり、てっぺんに吊り下げてあるのはちゃんと昔製の鐘である。ぶつぶつのデザインがあって、古びている。ここに昇って火事を発見したときの気持よさ、いやそのように言ってはいけないが、つまり火事を発見して晴れて鐘を叩くときの感触の気持よさ、いやこれもやっぱりいけないようだが、火の見櫓の使用感を説明するのは、意外と制約があって難しい。

# 合理的である

愛媛県の、入江の見える、丘の上のお寺だったが、名前は忘れた。

境内の入口のところにヤカンがごろごろ。

ふつうはお墓参り用のバケツや桶《おけ》があったりするが、ヤカンははじめてだった。これだけ当然の顔をしてあるのだから、おそらくバケツの代わりだろう。ふつうは桶の水を柄杓《ひしやく》で掬《すく》ってお墓にかける。

ヤカンの場合、柄杓を使わずに直《じ》かに口から水を出せるので、合理的といえば合理的だ。

でも想像すると何だかおかしい。故人に頭からヤカンの水をかけているみたいで、亡くなったご先祖様も草葉の陰で苦笑いをしているのではなかろうか。

でも見るからに元気なヤカン類だ。

# 動物みたいな植物

使い込まれた乳母車もさることながら、部屋の中の生き物が無気味。

アロエだろう。植物である。

植物も理論上は生き物だけど、このアロエは動物みたいな感じがする。たぶんガラス戸越しのせいだろう。ガラス戸の向うに「閉じ込めた」という印象が生まれて、それがこの植物の曲線をよけいに生き物的に感じさせる。ガラスの向うのボケ味も効果的だし、ガラス戸にちょっとでも隙があると出てきそうだ。

アロエは傷とかいろいろに効くといわれ、ぼくもその汁を傷口に塗ったことがある。特には効かなかった。

隼ラーメン
83-385

## 高速なのか

世の中にはいろんなラーメンがあるが、これははじめてだ。

店に入って、

「ラーメン」

と言ったとたんにビュッとラーメンの丼が飛んで出てくる。汁が二、三滴飛び散り、さらには鳥の羽根が二、三枚ひらひら。

といった場面を想像するが、まあしかし商売だから、そういう過激はしないだろう。

鹿児島の知覧は武家屋敷の町で有名だけど、戦時中の特攻隊の基地としても有名である。その若くして散った特攻隊員の英霊を祀った神社が出来ていて、その横には特攻機など遺物を保存する博物館もある。そのそばにラーメン屋もあり、これはその看板。

隼は当時の日本の戦闘機の名前。特攻隊とは深い縁があり、鹿児島との縁も深い。

しかしまさかラーメンと縁ができるとは。

味どころ
熊襲食堂
TEL 7-2132

## 覚悟のいる食堂

思わず足が止った。

定食屋から毛むくじゃらの男が出てきて、右手に斧を振りかざして追いかけてくる。

どうしてもそう思ってしまいますよ。

味どころとはいっても大変な名前だ。

恐れをなして、というより空腹ではなかったので入らなかったが、お昼の定食に熊の掌とか出てきたら凄《すご》いと思う。

熊の掌は中華料理だが、熊襲《くまそ》といえば日本列島の原住民だ。凄い名前だ。熊も凄いけど襲という字が凄い。

関係ないけど、世襲制という言葉を目にするたびに、その襲の字を見て凄い制度だと思ってしまう。まさか毎世代斧を振りかざして襲うわけではないだろうが。

マニュアルのカメラで撮って歩いていると失敗が多い。でも失敗は成功のモトであるから、結局は成功も多い。

ライカM3というのは感触の良いカメラとして有名である。もちろん性能も良くて、高級で、値段も高いので有名である。

露出計の入る前のカメラであるから、絞りやシャッタースピードというのはいちいち露出計で測って自分でセットする。人間は何故かそういう面倒なカメラで写真を撮りたがるもので、ぼくも人間である。

そういうカメラを持って浅草を歩いていたら、ぱっと猫がいた。横町の宙空に白い猫がぱっと浮かんで神秘的だった。とっさだからそのまま撮ったらちょっとアンダーになった。それまでカメラの露出を日向に合わせていたので、日の当たる猫と電柱片側以外は真っ暗になってしまって、本当は失敗なんだけど、結果は大成功。

消
浅草

# 趣味のイルカ

屋上にイルカがいて、ぴょんと飛び出ようとしている。

東京の王子で見つけた。以前屋上にラクダが登っているのを、西日暮里かどこかで見つけたことがある。でもイルカははじめて。

このイルカはとくに宣伝のためというのでもなさそうで、ただ何となく屋上にいるみたいだ。

イルカの暇そうな感じが、通行人の気持をほっとさせる。

でもはじめて見たときは驚くわけで、はっとしてからほっとする。

はっ。

ほ。

というのがこのイルカのリズムだ。

# アルミの吸い殻

入谷である。

コーラなどの自動販売機があって、空缶を捨てる屑入れがある。そこまではふつうだけど、何だか見慣れぬ「物」がぶら下がっている。

近寄ってみて、なるほど、と判った。

缶を開けた口の、プルトップというんですか、あれが散らかってしようがない。地球にも優しくない。だから、プルトップはここに入れて下さい、というんで店の主人がたぶん作ったんだろう。投入口の造作が涙ぐましいし、外から見えるシースルーの網袋にしたのもなかなか実際的で感心した。

ちゃんとお客が入れているのか、それとも主人がときどき見回って散らばっているのを拾って入れているのかはしらないが、缶の口がステイオンタブ式になる前の物件である。

ボトル取出口

# ロンドンのドクロ教会

イギリスのロンドン。

シティといういちばん古い街の一角。

入口にドクロはないですよ。

しかも教会。

同行の物識《し》りによると、この教会はディケンズが幽霊教会として小説の中に書いている建物。

西洋人はこういうおどろおどろがけっこう好きだけど、しかしどんなイワレがあるのだろうか。

まあふつうに考えて、魔除《よ》けみたいなものではないか。あの世の霊的なものというか、オカルティックなものに対するガードマン。

でもちょっと……、日本だったらふざけてるとかワルノリとかいわれてしまう。

# ムービング・ファスト・ボール

渋温泉に行った。長野県。

ひなびた「渋い」温泉で、一風呂浴びて、明くる日地獄谷へ行った。温泉地に地獄はつきもので、小石ごろごろの河原に湯気がもうもう。

ここのはとくに猿がいることで人気があり、猿専用の野天風呂がある。

そういう地獄谷への道で、こんなものを見つけた。ちょっとしたセメントの坂道だけど、滑り止めに缶の口か何かをぽこぽこ型押ししてある。その輪型が少しずつ重ねてあって野球のボールみたいだ。坂道いっぱいにボールがごろごろ転がってきて、滑り止めはどうなる?!

## スケルトン仕様の侘《わ》び寂《さ》び

壁に窓、とくにトタンの壁に窓というのはすぐに錆び落ちたりして、フゼイが生じる。

これは渋温泉の地上げ跡の、うらぶれた空地から見えた窓だけど、よく見ると、本当にうらぶれている。

いやぱっと見るとアルミサッシだからうらぶれてないんだけど、その窓ガラスの中の障子が破れてしっかりとうらぶれている。

アルミサッシの窓が出来たのでもう大丈夫と、障子を破いたのか。それとも障子があまりにも破れたので、こりゃ大変とアルミサッシの窓を付けたのか。

それとも芸術か。

風情と機能美との合体。

あるいはスケルトンタイプの侘び寂び。

この部屋の中がどうなっているのか、まったく予断を許さない。

## 二つの命

山形県のどこかだった。ブロック塀の陰で、

「私は命です」

といってキリストが頑張っている。

こういうキリストの頑張りはときどき街角で見かけるが、この場合、その下にもう一つ、

「命のつな」

という無名の頑張りがのぞいている。何かはんぱな感じだと思ってよーく見ると、柱に隠れてシートベルトの「シ」の部分がほんのわずかのぞいている。

つまり「シートベルトは命のつな」。

そうするとキリストはシートベルトか。

といいたいのではなくて、世の中にはこういう鉢合わせというか、クロスパンチというか、ニアミスがよくある。

お互いに大真面目なのに、偶然がその大真面目の足をすくってしまう。

私は命です
キリスト
命のつな

# 優雅な雑草

山形県。

路上に丸窓があるので驚いた。

それもブロック塀である。四つの合わせ目がじつに綺麗にくりぬかれて、その向うに雑草がのぞいている。ふつうのただの雑草なんだけど、それがこの丸窓のために見事な雑草に見える。

高級な、優雅な雑草である。

状況を見るに、ここにはかつて屋敷があったらしく、それが地上げか何かで撤去されて空地となり、ブロック塀だけが残されている。その塀に一つだけこの丸窓が。しかし本当に丸窓として造ったとすれば丸が小さすぎるし、もっと何か用途があっての穴かもしれない。とはいえこの丸くくりぬいた細工は見事なもので、しかもこの四つの合わせ目のぴたり中心にあることといい、とても工事用の穴とは思えない。

雑草も、これは丸窓なんだと確信した上で生えてきたようである。

シンプルな人生選びませんか？

# 路上のシンプル

シンプル・イズ・ベストである。たしかに人生もシンプルがいい。それにはどうすればいいのか。

恋愛を省く。結婚も省く。悩みも省く。ついでに喜びも省く。そしてシンプルに生きていく。

という趣旨ではないと思うが、この看板はたしかにシンプルである。

太陽光線が看板やポスター類をシンプルにすることはよくある。長年の掲示で赤や青や、そういう色彩が飛んでしまって黒い文字だけが意味不明に残っているような、そういうシンプル物件をよく見かける。

でもこれはどうだろうか。白地にうっすらと文字の痕跡があるのは、日に褪《あ》せたというよりは、ちゃんとペンキを塗って消したように見える。コーモリ傘が、むしろシンプルさを強調している。

千葉県の佐原で見た。

# トマソン持ちの壁面君

東京は南千住の辺りをぶらり。とある公園の脇にちょっとした広場があり、そこに面して味わいのある壁面があった。ご覧下さい。

大小の窓、それが目をつぶったみたいにセメントで塞がれて、トマソンである。下には口もあり、これも板で塞がれて、真ん中の鼻のところが潰れて穴が開いている。その穴を中心にぽつぽつとある丸い白点の広がりは、これはボールの跡だ。

近所のガキ共が、いや近所の元気な子供たちが、この壁を相手にキャッチボール。

ふつうの人家なら雷親父（雷おばん）が黙ってはいないだろうが、たぶんこれは倉庫みたいなものだ。ボールの白点はトマソン窓にも分布されて、壁面君は、ぼくはいいんだ、子供たちに喜んでもらえれば、と痩《やせ》我慢でじっとしている。

## 草書の電線

電線なんて珍しくないけど、空中の草書みたいに見えたので思わず写真に撮った。

電話の線か電気の線かわからないけど、こういう大胆なカーブの仕方を見たのははじめてだ。電柱からすーっと伸びていって、空中で筆を返すように、二本の電線が揃ってゆるりと曲がって右へ進む。

ふつうはそこのところでいったんしっかりジョイントされてから横に進みそうなものだが、この電線はそういう固いジョイントなどせずに、のびやかに、かろやかに、優雅に、形容しだすとキリがないが、とにかく細筆で書いたしんにゅうみたいに、するするっと曲がっている。

おそらく工事の人に草書の心得があったのだろう。

それは考え過ぎか。

東京は世田谷区の豪徳寺で見た。

新形町
2

# 銘木電柱

路上だけど、お座敷みたいだ。何故かといって、電柱が銘木である。

銘木とはいえ電柱だから、惜し気もなく町名表示が針金で縛りつけてある。新形町というのがどこだったか忘れたが、とにかく山形県だ。新潟ではない。

いわゆる横町というか、ごくふつうの路地。しかし路地とはいえ電柱はやはり銘木じゃなきゃ、というお洒落《しやれ》ごころが町内にみなぎっているのか、この辺りではこういう銘木電柱を何本か見かけた。ここに花生けでも吊したらもっと素晴らしい。

そばの壁には掛軸を垂らしたい。その下に何か名品を置く。いっそのこと道路に畳を敷いたらどうなるか。

路上には侘びた植木鉢はあるし、寂びたマンホールの蓋はあるし、侘び寂びには事欠かない。ゴミだって名品になるし、名品だってゴミになる。

# 雲母《うんも》の町名表示板

ぼくは自分の足の親指の爪で、これと同じようなことを経験している。若いころ山登りをして、靴がちょっと小さかったのか、足の先が痛くなった。それでも頑張ってやりとげて家に帰った。それから何日かして、足の親指の爪がぐらぐらする。あれ？　と思ってそうっとめくったら、そのまま爪が剝《は》がれて、下に新しい爪が生えていた。

この西日暮里三丁目12の建物は山登りをしたわけじゃないだろうが、長い爪みたいな町名表示板が半分剝がれている。下にもう新しい表示板が生えてきている。のではなくて、たぶん下のが古いのだ。新しい表示板が回ってきて、古い物の上にそのまま貼った。それを近所のガキが、いやガキかどうかはわからないが、何かの拍子に半分剝がしてしまった。

たまにあるもので、こういう町名表示板の雲母状の剝がれを見るのは二回目である。

荒川区
西日暮里
12

パーマ 鶴美容院

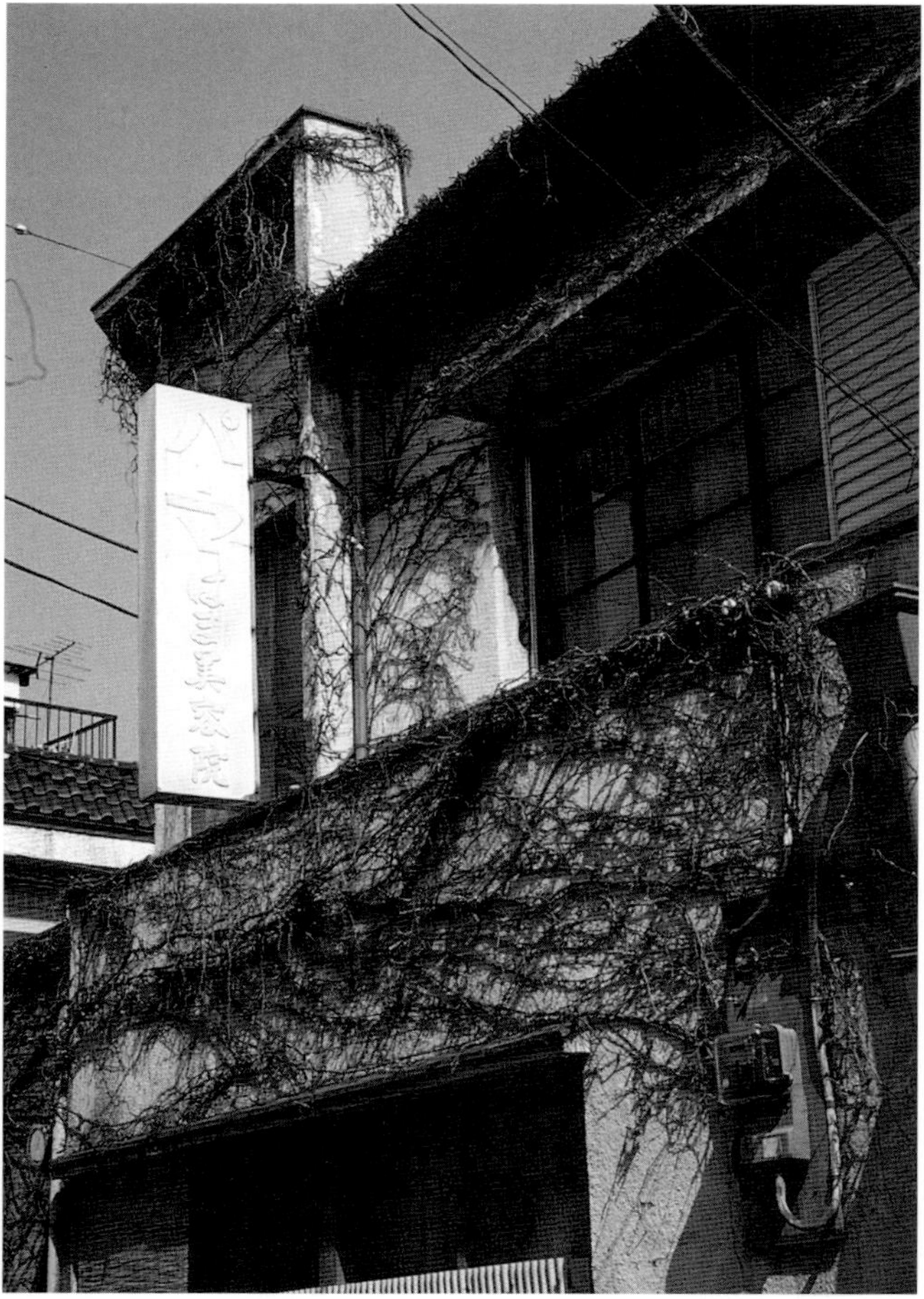

# さて髪をとかすか

建物に蔦《つた》が生えているのはよくある。これもたんにそれなんだが、何となく生えっぷりが見事。迫力がある。

看板が出ていて、色が飛んでしまったのか真っ白なんだが、よく見ると、

「パーマはま美容院」

とある。

なるほど。さすがパーマだ。美容院である。蔦もちゃんとそのことを知っていて、リキを入れて生えている。ここぞとばかり生えている。

いや蔦の動機まではわからないが、そのウェーブの仕方が、やはり美容院だなと思う。パーマもかかっている。看板の上のところなんか朝起きたばかりで、まだくしゃくしゃのままだ。これから顔を洗って髪を整えるわけだが、まだ二ヶ月ほどかかる。

これはまだ三月で、早朝の季節だ。植物の時間は長いのである。いまやっと目が覚めて、さて、なんていってアクビしている。

# 路上のテレポーテーション

ぼくが見ている前で、マンホールの蓋《ふた》が、ず、ず、ず、ず、ず……と、ずれて行った。

のではないけど、一瞬、おやおやと思ってしまった。

マンホールの蓋だって、一個所だけにいるのは退屈だ。少しは場所を移動してみたくなる。年に一回ぐらいそういう気持の高まりが来るもので、年度末になると町のあちこちで道路工事がはじまる。あれはマンホールの蓋の、退屈だあ、退屈だあ、というわめき声の合唱なのだ。

しかしこの写真の場合、事情はよくわからない。セメントで埋めたようだが完全ではなく、わずかにフチがはみ出している。今後この蓋が開くことはないと思うが、しかしこのまま世の中から忘れられてはたまらない、というつもりかどうか、一部だけをのぞかせて、完全なる成仏を保留している。まだこの世に後ろ髪を引かれているマンホールの蓋。幽霊とはつまりこういうものだ。

ミニクラブ

# 夜の蝶

ちょっとした地方都市の、ちょっとした飲み屋街の、ちょっとした昼間。そのちょっとした飲み屋の入口の軒先に蝶が留まっていた。蛾かもしれない。

留まるとき二枚の羽根をぴたりと合わせるのが蝶で、開いて留まるのは蛾だという説もあるが、どうなのか。

しかし飲み屋街というと夜の蝶だから、夜の蝶といえば蛾ということになるのか。

でも蝶ということにしておこう。その蝶のお尻からタンポンの紐みたいな（失礼）ものが出ていて、それが軒先の小窓の隙間《すきま》から店内に入っている様子。

そうやって店内に卵を産みつけているようにも見えるが、どうもこれはテレビのアンテナらしい。ファッションアンテナ、あるいはデザインアンテナというのか。これはこれで心のなごむ、気の利いたアイデアである。（次ページ）

# 旅の愉しみ

旅は写真のチャンスだ。

何かの用事で旅に出る。ちょっと面倒くさいな、と思うときでも、カメラの楽しみがあると（お、チャンスだ）と思って期待がふくらむ。

撮影が目的の旅であれば、かなり重装備で行く。といってもシロートだから、せいぜい一眼レフにレンズを一、二本。

つまりプロというのは湾岸戦争のアメリカ軍みたいに、やるとなれば圧倒的な機材を持ち込む。その代りやらないとなれば、一切ゼロでお休み。

一方シロートというのは、やるもやらな

コンパクトケース入り老眼鏡。外出時の老人力には不可欠。

いも境い目がなく、いつもバッグにチビカメラで日常生活を営む。戦争でいえば民兵のゲリラみたいなものだ。個人的ゲリラ。

旅先が味気ないビジネス街で、しかもスケジュールぎっしりの場合でも、いちおうコンパクトカメラはバッグに入れる。まあ精神安定剤みたいなものだ。

カメラがメインの旅であれば、ライカなどマニュアルの古式カメラと露出計。そのホケンとしてAF一眼レフ。さらにホケンのホケンにポケットサイズのコンパクトカメラ。

フィルムはカメラがメインで一日歩けばまあ五本は必要。たまにとんでもない場所に遭遇すると、プラス二本、三本ということになる。

前に沖縄のどこかの島に取材旅行に行っ

何かと便利なツアイス単眼鏡８×21。

て民宿に泊った。食事のときアウトドアスタイルのお年寄り三人が入ってきて、いずれも一眼レフを下げている。お、やるなあ、と思う。向うもこちらをちらちら。こちらはぼくのほかにプロカメラマンもいるから、機材も気になるらしい。

「お宅さんたちは何を撮ってるんですか」

と話しかけてきた。こういう場合プロカメラマンは、いやあ、とかいって何となくぼやかしている。するとお年寄りたちは、

「私らはマイクロをやってるんですよ」

と嬉しそうにいう。マイクロ、つまり接写レンズ愛好の仲間で、一人は花、一人は昆虫、一人は何だったか、ちょっと忘れたが、いずれにしろマイクロ仲間で沖縄まで旅に来たのだ。

良いなあと思った。現役を離れて、好き

片手でレンズの出し入れができるニコンの携帯用ルーペ。

なカメラと旅をする。しかも共通する趣味の仲間がいて、それぞれちょっと違って、最高である。仲間も広がり過ぎると意味がなくなるが、三人とか五人くらいが食事をするにも一卓を囲めていちばんいい。

旅をすると、まず食べるのが楽しみである。カメラで撮り歩くのも楽しいけど、それは夜みんなでテーブルを囲んでビールを飲むための、そこに向けてのことなんだ、とまではいわないにしても、食べる物、食べる店の段取りは重要である。

はじめての町でうまい物の店を探す名人がいる。そういう「指導者」が一人いるグループは、もう楽しいことうけ合いだ。

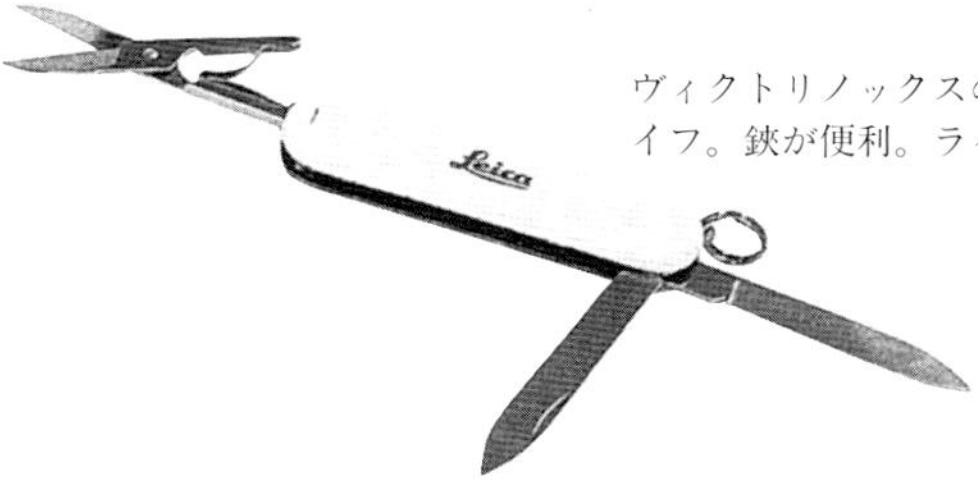


ヴィクトリノックスのミニ五徳ナイフ。鋏が便利。ライカロゴ付。

# これからは黒字減らしだ

ときどきゴミ置き場のゴミの山を見て、芸術だなあ、と思うことがある。ゴミ、といえば汚物、ということだけど、何だか綺麗《きれい》だったりする。というより、何となく芸術に見えることがある。

これもちょっとそうで、ゴミの頭から芸術が顔を出している。よく見ると熊手。これは芸術というより宗教、いや宗教というのも大げさだけど、縁起ものだ。

商売繁盛などを願って神社で買ってくるけど、それをこのように廃棄処分としたのは、もう役目が終った、商売が繁盛し終ったということか。

なかなか素晴らしい心意気だ。人間というのはどこまでも商売繁盛を願う強欲な生きものだけど、それをもうここで終り、と自制して熊手をゴミに出すというのは、なかなかできない、見上げた根性である。

かどうか真相はあくまでわからない。

収集袋

★警告★
犬を散歩させている人に
この附近で犬の
大・小便をさせるな！
家の中から見てるぞ!!

# フン争地帯

犬猫というのは、飼っている者と飼っていない者とではぜんぜん感情が違う。宗教みたいなもので、入信している者はそれを全幅に理解するが、入信していない者はそれを毛嫌いする。

そんな力学関係があってこういうハリガミが生れるわけだが、この場合は何といっても、

「👁てるぞ!!」

というのが凄い。しかも、

「家の中から」

とあって完璧である。これでもなおこの場所で犬の大・小便をさせるとしたら相当な飼い主で、たぶんその飼い主はその出た糞を拾って「家の中」へ放り込むのではないか。

そのようにしてボスニア、ヘルツェゴビナの紛争がはじまる。

人間は何らかの紛争（出来事）がなければやっていけない生きものだけど、それにしてもこのハリガミ作者はレタリングがうまい。イラスト感覚もある。

## 枯れかじけたセールス

薄いのでちょっと見えにくいのですが。落ち着いて見て下さい。

セールス
おことわり
と書いてある。家の無地の柱に、じかである。たぶん墨汁だろう。毛筆である。なかなか味がある。

おそらく当初はもっと黒々としていたのだろう。それが長年セールスをことわりつづけている間に、だいぶ墨の色が沈んで、枯れてきた。

枯れてきたところで、かえって書いた人の息づかいが色濃く出てきているような気がする。

折から夕日がちょっと強くなって、侘びしさがいっそう増してきている。日本文化は大切にしなくてはいけないと思う。

いや関係なかったが、これをじいっと見て、この枯れかじけた空気にひたるセールスの人の姿を、いちど遠くから見てみたい。

セールス
おことわり。

# 冷汗が降る

浅草の裏側というか、とにかく外れを歩いていたとき、妙なものが目に入ってぎょっとした。

ビルの陰からにゅるっとしたものが突き出している。吾妻橋にあるアサヒビールの金色火の玉で、それはわかる。なるほど、あれがあの辺なら、ここはこの辺なのか、とわかったのだけど、その上を小さく人が歩いている。

あれは巨大なツルツルオブジェで、丸くてどこにもつかまるところがない。つるっと滑って落ちたらどうするんだろう、と思ってぎょっとしたのだ。

どうやら巨大オブジェの掃除をしているらしい。洗剤で洗ったりということをしているらしいのだけど、見ているだけでも怖い。プロだからちゃんと落ちないようにやっているんだろうが、それにしても気になる光景だった。その後新聞記事にもなってないんで無事だったのだろうが、しかし、日当はいくらなのか。

BP-1-00

## ブータンのトラック野郎

トラックだけど、あれこれ装飾を施している感じはトラック野郎か。でもあまり見かけないタイプで、センスがいい。

よく見て下さい。左右にあるヘッドランプの上のところ、目が描いてある。右目と左目、眉毛も。

いちばん上の中央部、何か額縁みたいのが掛けてあって、その中の絵は、大仏である。お釈迦様というか、とにかく宗教。トラック野郎の宗教心というのが、なかなか泣かせる。

バックの建物を見て下さい。窓の形がちょっと変っている。ここはブータン。

インドからブータンにかけて、トラック野郎はみんなこの手の装飾をしている。フロントグラスには真珠の首飾りを垂らした両手が描いてあって、これは何かわからない。

いずれにしろ目玉や大仏など、おそらく魔除《まよ》けの類いではないかと思われる。

(次ページ)

0047

# 尾を振る狛犬《こまいぬ》

とある門柱の上だけど、ハデな犬ががっちり太い鎖で繋がれている。この背後にはじつは巨大な西郷さんが聳《そび》えているのかというと、そうではない。

ちょっと日本とは感触が違うことがおわかりだろうが、ブータンである。メモリアルチョルテンという仏塔のあるところで、そこの、いわば狛犬的な物件。参道に向かって睨みをきかせている。

この首から鎖が伸びて、その鎖が何か構造上の役を果しているんだが、その鎖があるばっかりに、狛犬がただの飼犬みたいになってしまう。

ふつうの狛犬の場合は低く唸《うな》るという感じだけど、これは鎖がぴんと張って、この巨大な尻尾《しっぽ》を振りながらきゃんきゃんとうるさく吠《ほ》えそうである。ご主人の帰宅場面といわれてもおかしくはない。

# 元気な男根

よーく見て下さい。壁の絵、これは装飾だろうが、いちばんよーく見てほしいのは、真ん中の入口の両側に描かれた赤い物件。

鯉というか鯰《なまず》というか、空飛ぶ太棒みたいなものが描かれていて、これは何かというと、俗称チンポコである。

学術的には男根という。陽物といったりもする。それが睾丸二つを従えて、周囲には天女の羽衣みたいなひらひらリボンをまとい、先っぽには何と目がある。しかもその口のところ、学術的には何というのか、その口からピュッと、これは精なる液であろう。

ここブータンでは、男根は非常にめでたいもので、力の源泉というか、家の護り神というか、だから農家の入口などによく描かれている。別に恥しいことではなく、むしろ誇りとするもので、じつに大胆な風習である。

## マチスといってもどのマチスか

マチスはフランスの画家で、日本に来たことがあったかどうか。もうすでに他界しているが、この看板を見るとじつはまだ生きているような、じつは日本に長らく住んでカタコトの日本語を話しはじめているような、何だかそういう楽しい気分になってくる。

もちろん名前なんてたくさんあって、世界中にはマチスもピカソも何十人、何百人といるだろうが、でもマチスといえばやはりあの大画家のマチスだ。

世界中のマチス族の中から、今後あの大画家マチスをしのぐマチスが出てくるのは大変なことだろう。

東京で見たマチスという喫茶店用のガレージ。

マチス
専　用

消火

# 我こそは消火栓なり

何だか勇ましい消火栓である。

「ブオ、ブオー……」

と法螺《ほら》貝の音が響き渡り、いよいよこれから出陣というような、我こそは消火栓なりというノボリを立てて、小柄ではあるけどこれから相当な武勲を立てそうな、そういう気分が漲《みなぎ》っている。

こんなのははじめて見た。

じつは札幌の、北海道大学の構内である。

北海道の人には珍しくもない消火栓のイデタチだろうが。

たぶん冬になるとこの赤い小柄な武者は雪に埋れて、雪は頭上高く赤いノボリのあたりまで積もるのだろう。

消火栓の冬眠である。

でも、まだ雪はなく、こうやって地上の空気を吸うのもいまのうちだ。

# 荘厳な理容院

なかなかな風格。

風雪に耐えてきている。ペンキを塗ったけど剝げて、おそらくそのあとまた塗ったけどまた剝げて、そのくせ毎日雨に洗われているせいか、色が鮮やかである。

そういう膚《はだ》が風格の一因。もう一つ、これが擬宝珠《ぎぼし》の形をしている。

擬宝珠の形は、卒塔婆《そとば》にも似ているせいか、何か宗教的な、霊的な感じがして、それが風格の一助となっている。

でもこの色分けでおわかりかと思うが、これは床屋の印。理容院だ。

## 犬が問題

犬猫関係の貼紙はよくある。

だいたいは糞害に関するもの。

尿害もある。

タバコ嫌いの人にとってタバコの匂いが気になるように、犬猫嫌いの人にとって犬猫の糞尿は気になる。

この貼紙の特徴は、何といっても犬の字が太く大きい、それが二重カギカッコで囲ってある、しかもそのカッコが赤いことだ。

とにかく『犬』が問題なのである。『人』ならいいのか、ということになるが、まあ理屈はいうまい。

固く禁じますという「固く」もちょっと特徴。

大と小の間に小さな点があるのも特徴。しかもその点があとから入れたみたいで、いろいろ特徴がある。

此の柱に『犬』の
大小便を固く禁じます

# ペットボトル・ミニ

最近はペットボトルが並んでいても別に驚かないが、これには（あれ？）と思った。

相も変らぬペットボトルだけど、いずれもちょっと小さい。ミニペットボトルだ。ラムネビンのタイプである。全部小さいので揃えている。

どうしたんだろうか。よそと同じペットボトルじゃつまらないし、うちはひとつ個性的に小さいラムネビンで揃えてみよう、というのだとしたら、ペットボトルはペット駆除という本来の目的を脱して、アクセサリーとしての本性をあらわしたことになる。

それとも、これは仔猫用のペットボトルなんだろうか。仔猫だけは近づかないでくれというので、小ビンだけを集めた。

まあそんなことはないだろうが、しかしミニで統一しているところは、何か主張が感じられる。やっぱりペットボトルというのはファッションなのだ。日本の町の一つの文化になってしまった。

# たんなる斜め

奥歯に物の挟まったような、という表現があるけど、これはコンクリート塀に電柱が挟まったような……。

しかし「ような……」ではなく、これはじっさいにコンクリート塀に電柱が挟まっている。コンクリート塀というより、玉石塀だ。そして電柱というより、かつて電柱であったもの。

斜めに挟まっている。そのことでおわかりのように、これは電柱そのものではなく、電柱を斜めに支えていた支柱の方である。だから電柱の一部というか。

そのさらに一部が、このようにしてちょん切られて残されている。かつて斜めに支えていたものが、いまは何も支えることができず、たんなる斜めになっている。斜めになって、玉石塀に支えられている。

人生はどうなるかわからない。順風満帆であったものが、いつただの斜めになるか、わかったもんではないのだ。

# 困った狸

俺たちこれからどうやって生きていくんだ、というセリフが浮かぶ。とにかくこの狸《たぬき》たち、こうやって間近で見ると意外と深刻な顔をしている。バブルがはじけてしまって、しかし狸の腹というものはもともと丸いからはじけるわけにはいかないし、この腹を今後どうやって維持すればいいんだ。

まったくおっしゃる通りで、今後の人生問題であるが、ここは常滑《とこなめ》である。焼物とか土管の町で、こういう狸もたくさん生れている。生れたはいいがすでにバブルははじけていて、行先を見失っている。

まあいずれにしろこれから料理屋、そば屋、おでん屋、あるいはちょっと変った主人のお店、といったところに就職していくわけだが、それがいつになるのかわからない表情。でもそういう表情は生れつきのことで、もう行先は決っているのかもしれない。

# 朝の網タイツ

ぼくの朝の散歩道。ニナといううちの犬を連れて散歩に行くんだけど、朝の樹木が網タイツを穿《は》いていた。

樹の名前はわからないが、わりあいと肌がつるんとしている。それが松の樹に憧れたのではないだろうが、こんな模様をつけてしまった。

要するにフェンスの金網の影が落ちているのだが、はじめにこれを見たときにはハッとした。

次の日からポケットにカメラを入れて散歩に出るんだけど、なかなかすんなりとはこの網タイツを見せてもらえない。朝のちょっとした時間差で隠れるようだ。今日こそは、今日こそはと思ううちに、何だかちょっと変な気持になってきた。

# 水無し川

恵比寿の辺りに暗い高速道路があった。あまり暗いので車が一台も走っていない。ふつう高速道路は高いところを走っているが、これは低い。よく見ると、

「川をきれいにしましょう」

と標語がでている。これは川なんだ。

でも川とはいいながら、水がぜんぜん流れていない。中央に細い溝が掘ってあり、そこに細々と水が流れている。これはしかしどう見ても川じゃないですよ。やはり暗い高速道路だ。

困ったもんですね。きれいにしましょうといわれても、川がない。

# 不燃の逆説

マジメなのかもしれないけれど、何ともおぼつかない字である。火の字だけ赤で書いてあって、それはまあ燃える火だからか。

でもその下には「不燃」と書いて赤丸で囲ってある。これは大変な逆説である。火をわざわざ赤い燃える色で書いた上に「不燃」だから、うぬ、これは簡単な解釈では通らないな、と身構えてしまう。

しかしそれにしてはあまりにも隙《すき》だらけの文字である。火の隣の氷の字などは、いったん薄く試し書きしたような痕跡《こんせき》があり、その上でちゃんと「氷」と書いている。

しかし、差し出がましいようだが、この氷の字、本当は水なんじゃないだろうか。月火水の「水」だと思うが、でもいらぬおせっかいをしちゃいけない。試し書きまでしてるんだから、外部からがやがやいうことではない。

とはいえ、どうも気になる。

月 火 水 金
不燃
普通
普通
燃ごみの
は終わりました
年内の可燃ご
収集は終わりま

# 屋根の上の生存競争

屋根の上の瓦鳥《かわら》とアンテナ鳥の闘いである。もともとは瓦鳥のテリトリーだったところへ新参者のアンテナ鳥がびゅーんと飛んできて止まった。瓦鳥は、

「何だ、この野郎！」

という感じで振り返っているんだけど、何しろ瓦なのでこれ以上動くわけにはいかない。

それにしてもアンテナ鳥は威圧的ですね。近代兵器というか近代武闘術を身につけているふうで、これでは瓦鳥が可哀相だ。

しかし可哀相だとかいっても弱肉強食の世界だから、こうやって強いものが勝ち残り、弱いものは滅び去っていく。

といって瓦鳥が負けたわけではない。いまの局面では威圧的なアンテナ鳥が勝ったように見えているが、あと十年もたってごらんなさい。ボロボロに錆《さ》びてきてボロボロ鳥になって風葬に付される。

とはいえアンテナ鳥というのはすぐに新しい仔鳥が育ってくるので、油断はならない。

## ホームレスの温室

ホームレスマンというのはだいたいダンボールを住居の素材としている。住居というより居る所といった方がいいかもしれないが、あるとき傘だけでやっているホームレスマンを見た。ある駅の構内の隅っこの所に五つぐらいの傘が開いてかたまっている。一瞬芸術かと思った。

この場合も一瞬芸術かと思ったが、これは芸は芸でも園芸である。中でどういう種が保護育成されているのか確認はできなかったが、これはホームレスの温室である。

透明傘というところがミソで、なかなか美しい。この傘が何十個も並ぶとクリストの芸術になるんだけど、そういうふうに芸術にしないところがなかなか奥床しい。

これを撮ったカメラはスーパーネッテルという一九三七年ドイツ製。ぼくと同年生れだ。ちょっとピントが甘いが、よく写る。

折しも雨上がりで、透明傘には水滴が二、三粒残っていた。

# 助役発見

助役のドアである。ずいぶんみすぼらしい。助役って何だろうか。

むかし吉屋信子の小説に助役がよく出てきた。少女小説である。ぼくの家族は姉が三人いたので、吉屋信子の小説があったのである。小説にはいつも正しい兄妹が出てきて、たいてい貧しい。そしてそれをいじめる金持の家の子が出てきて、そのお父さんはたいてい助役である。助役って何だろうかと調べたら、役所の中で市長とか町長、あるいは駅長の次ぐらいの人らしい。

その助役の子が正しく貧しい兄妹をちくちくいじめて、助役というのは悪い役だというマインドコントロールを受けていたのだ。

その助役がこんなところにいた。アシスタントステーションなんてちょっと洒落《しゃれ》たりしているけれど、どう見ても貧乏である。かつての金持の助役がいつの間にこう落ちぶれたのか。世の中はいろいろと変転している。

助役
ASSISTANT STATION

# スリムな看板

ちょっと急いでいて、通りすがりに見て慌てて写真に撮った。店の看板である。あまりにも短い。

「さて」

というようなもので、さてから先のことが何も書いていない。

「えーと」

というようなもので、えーとから先のことが何も書いていない。

たしか浅草だった。仲見世の裏通りかどこかだったと思うが、しかし大胆である。物凄《ものすご》い省エネである。スリムといえばスリムだ。しかし腑抜《ふぬ》けといえば腑抜けだ。肝腎の言葉が何もないいんだから。

でも気持が良いといえば気持が良い。さっぱりとしている。腑抜けというのはさっぱりとして気持がいいのか。しかし何の店だったのか、思い出そうとしてもなかなか思い出せない。今度また行って確かめてこよう。

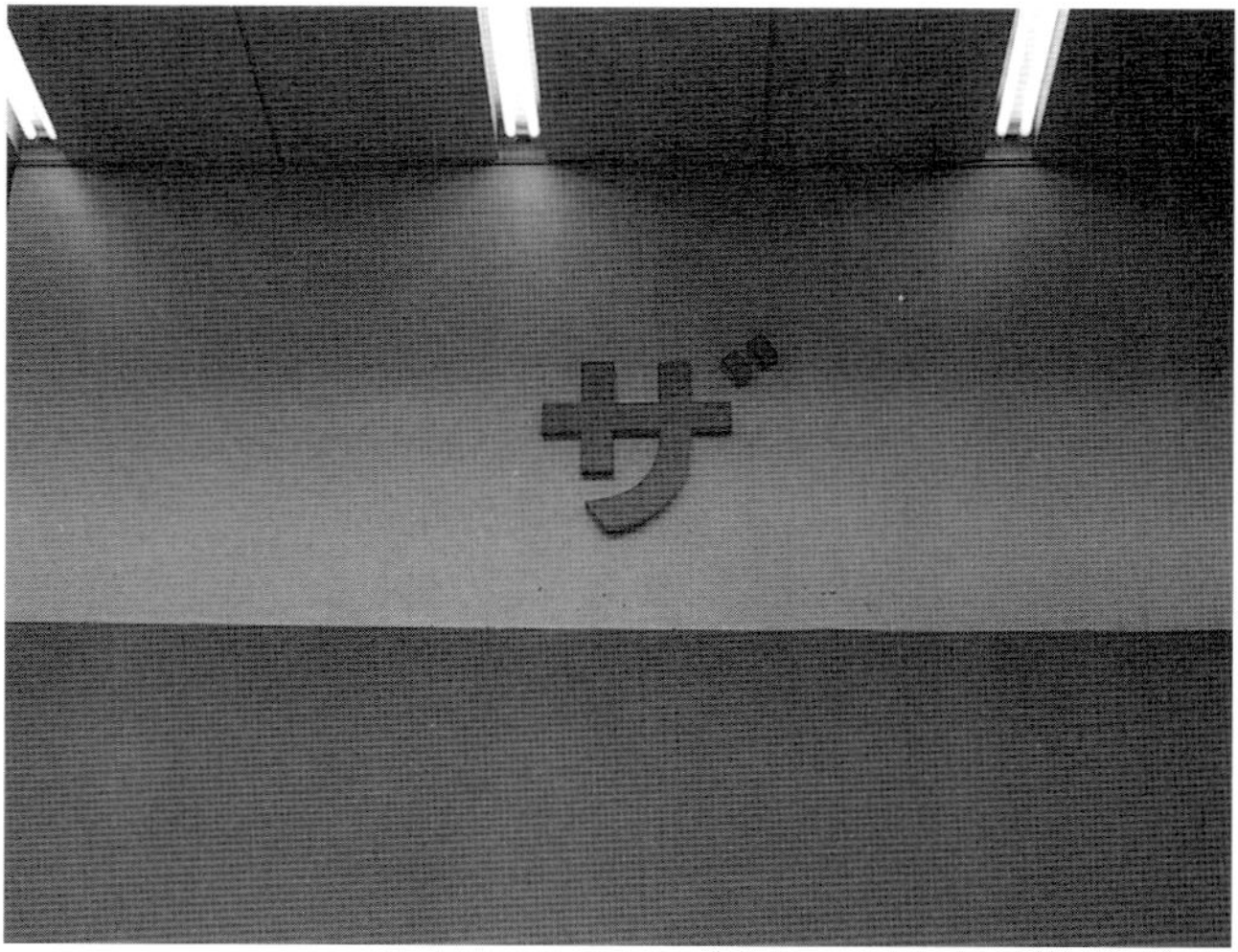
ザ

十字架というのはシンプルなデザインだ。縦横二本の線の交差だけで、キリスト教という宗教ですよと教えてくれる。この物件でもてっぺんにそのデザインがなかったら、火の見櫓《やぐら》だと思われてしまう。これが火の見櫓だとすれば鐘が三つあるのは何だろう。近くの火事はいちばん下で見つけてその鐘を鳴らし、ちょっと遠くの火事は二番目で見つけてその鐘を鳴らし、物凄《すご》く遠くの火事はてっぺんまで登って見つけてその鐘をカンカン鳴らす。もっと様子をよく見ようとしてさらに登ると、そこに十字架があり、もはや運命だと諦める。いやキリスト教に諦めがあるかどうかはわからないが、しかしなかなか理にかなった構造であるような、ないような、とにかくこれはベルリンで見たものである。

# ベルリンで見た置物

見たところサックスである。サキソフォン。これで鳴るんだろうかと疑問であるが、鳴らない。これは置物である。飾り物。芸術ともいえるが、しかし考えたら芸術というのはそもそも置物で、そうか、これからは芸術のことを置物と呼んだ方がわかりやすくていいかもしれない。

この置物はベルリンで見つけた。ベルリンに十日ほど行ったんだけど、ぼくの泊まったハンザブリックのホテルの近くでガラクタ市があり、いわゆる古い骨董《こっとう》品と、新作のオブジェ的なガラクタと二手に分かれて市が開かれていた。これはもちろん新作の方で、コンクリート打ちっ放しの部屋などにポンと置くと似合いそうだ。

# 八ヶ月後のメリケン波止場

神戸は震災からもう半年ほどたっていた。野次馬としては直後にすぐ行ってみたいのは山々だったが、やはり野次馬だけで行くのは気が引ける。親戚を見舞いに行くとか、何か大義名分があればいいけど、ない。そして秋になり、オリックスの優勝が近づいてきた。よし、グリーンスタジアム神戸までそれを見に行く。そして神戸だから、ちょっと町を歩く。そうすれば誰にも逮捕されないだろう。いやもちろん逮捕なんてないけど。

これは神戸のメリケン波止場で、まだ地震の跡が手つかずで残されている。街燈が傾いて、地面がヒビ割れして、海水が妙な具合に打ち寄せてきている。当日の大変さがほんのわずか想像ができる。神戸の街はもうほとんど片付いていた。何もない空地だけが多い。(次ページ)

けいさつ

2

# 全身サラ金のビル

路上観察学者としては、駅前にサラ金看板の多い町は、あまり嬉しくない。住民の資質も問われるし、路上物件の資質も問われるからだ。おっとりとしたところがなくなっていて、がさがさとした、金だけがぎらついた町並なのではないかと。

ところがこれはどうだ。駅前にあるビルが、上からプロミス、ユニマットライフ、キャスコ、タカラ、シンキ、アイフル、中央信販、ロイヤル、知らない名前もあるけど、どうやら全部ぎっしりサラ金の詰まったビルだ。こんなのははじめて見た。

神戸は元町の駅前である。もともとここにはこのサラ金ぎっしりのビルがあったのか。それとも地震のあと、それっ、というので、救援に駆けつけるみたいにサラ金が駆けつけてきたのか。いずれかはわからないが、このネオン輝く勇姿を見ると、相当繁盛しているようだ。

中央信販
ロイヤル
ファイナンス

## エッチをめぐる問題

じろじろ見てはいけません。たまたまエッチなんだから。いや、単にエービーシーディーのエッチですよ。

しかしエッチなことをエッチといいだしたのはいつごろからだろう。この美容院は、おそらくその前からエッチという名前だったんだと思う。たぶん自分の名前の頭文字とか、そういうたまたまのエッチだったわけで、それがしかし時代の流れで、エッチがエッチになってしまった。といっても同じことだが。

しかしいまさら名前を変えるわけにもいかない。ましてこのエッチが自分の頭文字であればなおさらのことだ。何もやましいことはないのに、何故変えなきゃいけないんだ。

いやたしかにそうなんだけど、言葉というのは少しずつ微妙にそのニュアンスを変化させながら、世の中に浸透していく。だからエッチにしろエスにしろアールにしろジーにしろ、今後どんな表情に変わるかはわからない。

エッチ美容室
MAX FACTOR
エッチ美容室
お正月
成人式
ヘアーメイク
お着付
予約承ります

# 津波があったのか?

大震災から八ヶ月。神戸は倒壊した瓦礫《がれき》のたぐいがあらかた片付けられて、やけに空地が広がっていた。でもゴミ置場にはやはりふつうでは見かけないような、壊れたピアノとか、便器とか、何かとんでもない「荒ゴミ」が出て並んでいたりする。

ふーんと思って港の辺りにくると、こんな物が出ていたのでびっくりした。これもゴミだろうか。物凄《ものすご》くでかい。路上の工事の柵などと比べてみてほしい。どうやら魚らしい。鯛《たい》とか鯉《こい》のようである。ヒゲはないので鯛の方か。鯛にしてはあまりにも巨大だけど、大地震で深海から打ち上げられたという解釈もできる。

たぶん現代芸術だろう。最近はパブリックアートといって、「公的資金」でこういうのを作るのが流行《はや》っている。

## 保存の通り

　ほとんどゴミみたいだけど、まだゴミではない。一番手前にある大物はゴミ箱。それも一時代前のクラシックゴミ箱である。昔はこれにゴミを入れて、ゴミの日にここからゴミを出して収集していった。いまはそれが廃止されて、ゴミ袋式になっている。それ以来このコンクリート製のゴミ箱自体が粗大ゴミになってしまった。とはいえまだ壊れてはいないので、まだ使える。そう簡単にゴミとして捨てるわけにはいかんじゃないか。

　というのでここに「保存」されている。たぶん「保存」されているのだ。

　隣の箱には塩ビのパイプがごろごろ。たぶん何かに使った残りだと思うが、まだパイプには違いない。まだ使える。だから「保存」してある。その隣には板切れもある。冷蔵庫らしき包みもある。ほかにもいろいろある。まだ使おうと思えば使えるんだ。いつ使うかはわからないが、とにかく「保存」されている。

# 毎日が勝利だ！

勝利。それも毎日だ。一粒一万発である。バンザイしている。グリコのマネだ。いやマネじゃなく、引用か。グリコは一粒たしか三百メートルだった。一粒で本当に三百メートル走れるのか、誰も実証はしていない。この実証は難しい。食べ物と体力の関係は単純じゃなく複合的だから。

ではこの場合はどうか。一粒一万発。パチンコ玉一粒で一万発出すことは充分あり得る。実証しろ、といってもすぐにはムリだが、一生のうちにはそういうこともあり得る。あるとはいい切れないが、ないとはいえない。パチンコは人生だ。照る日もあれば曇る日もある。ぼくも昔はパチンコをしていたけど、タバコをやめてからパチンコもやめてしまって、パチンコは人生ではなくなった。

勝利
一粒一万発
マイニチパチンコ

自動車のタイヤ。それが破損したと見えるのだが、白く塗られて、台座の上に置かれている。以前にこの状態で花生けになっているのを浅草の路地で見たことがある。沖縄でも見た。でもそれとはちょっと違う。

これは刈谷で見たものだ。お寺か神社の門の脇にあった。左が花弁みたいに裂けていて、右は一本。その一本の先に細工がしてあり、そうだ、これはアヒルだ。いや白鳥か。いや場所柄からして鳳凰《ほうおう》か。アヒルからどんどん位が上がったが、鳥を模した物であることは確かだろう。中間をとって白鳥とする。そうですね、この形から見て白鳥というのが妥当なところだろう。自動車のタイヤをうまく利用している。上に持つところもあり、嘴《くちばし》は何か電気の部品を加工したものか。たぶんこの作者、次の作品に挑戦していると思う。この物件の周りをもっと観察すれば何か見つかったかもしれないが、まあこの一つで満足して立ち去ってきた。

# 鉄筋の勃起角度

歴史が感じられる。昔はもっとピンと直角に出ていたのだ。でも長年人々の体重を受けてこのように。でも下から順番によくこうなったものだと感心する。一番下はもう地面についてしまっている。でも一番上はまだピンピン、壁面との直角を保っている。

いま変なことを想い出した。若いころ先輩に教わったこと。左手の指をいっぱいに広げて前に突き出す。縦にして、親指が上を向き、小指が下を向く状態。五本の指が上の親指から順番に十代、二十代、三十代、四十代、五十代の角度を示すという。何の角度ですかと質問すると、それは自分で考えろといわれた。まあ男にしかわからない問題だけど、それからウン十年、自分はもう五十代だが、しかしまだこの写真の一番下の鉄筋ほどは垂れ下がっていないぞ、と自負している。しかし見事に五本、というか五段、上には頭部にも似た鉄筋も備わっていて、男なら何だかしみじみ見つめてしまう物件である。

# 自作自演

まさかサリンではないと思うが、排気口から浴びせられている。「麻」がこのようになってしまった。これがサリンだったら、自作自演だ。

いまのところ「雀」は難を免れている。そのことが何を意味するのかはわからない。

麻雀《マージャン》のパイにヒビが入っている。そのヒビが何となく不思議な状態に見えないだろうか。パイに入ったヒビがそのままの流れでバックの壁にまで伸びている。これはモルタルの壁に描いた麻雀パイの絵だから当り前のことだが、こういう平面に描かれた立体的な絵をまたこうして平面に戻すと、むしろ現物より立体的に見える。以前町角に立つリアルに描かれたヌードの看板を撮り、その写真になったのを見たら物凄く生々しいのでぎょっとした。町角ではちゃんと平面の絵として収まっているんだけど、それが町全体平面の写真になるとむしろ立体が解き放たれて、目に迫ってくるものらしい。

麻
雀

# バリケード

自転車が停めてある、というのは当り前のことなんだけど、それが紐《ひも》で縛りつけてある。チェーンでガードレールに繋ぐというなら当り前のことなんだけど、横に渡した鉄パイプの物干し竿に固着してある。縛るという手仕事に何か強い意志が感じられて、これはバリケードだ。入っちゃいけないということ。

ぼくはこれを見て旅順の港を想い出した。あの戦争に行ったわけじゃないが、むかし日露戦争のとき、日本海軍が港の入口にあえて船を沈めて敵艦隊を閉じ込め、それが結果として勝敗の決め手となった。

ここは港ではないが、しかしこの使える自転車をそのまま入口封鎖に使っているところが大変である。豪華といえば豪華、動くものをあえて動かさずに縛りつけて鉄柵代りに使用している。芸術といえば芸術、まあ芸術といっちゃあおしまいだけど、でもこの物干し竿の折り方といい、自転車の当然のような表情といい、大胆である。

# 美しき無用感

ああ……、と嘆息している。それがシエクスピアである。それはそれでいいとしても、諸行無常だ。いったい何があったのだろう。鮪《まぐろ》の刺身にマヨネーズがかかってしまった。ビフテキの上に豆腐をのせてしまった。それはそれで自由であるが、この貼紙には著者がいない。著者というのも大げさだけど、誰が誰に向けて言っているのか、貼紙の主の表記がないので何もわからない。その点が斬新《ざんしん》である。まあお寺とか宗教関係からのメッセージであろうが、ああ……、と嘆息して諸行無常となって、何の解決にも至らない無用感が素晴らしい。たとえばこの貼紙が、このまま阪神大地震の焼跡に立っていたらどうだろう。いっしょにああ……と嘆息する人もいるだろうし、冗談じゃない、といって怒る人もいるだろう。住専で熱する国会議事堂の前に立っていたらどうだろうか。朝の満員電車の中吊りに下がっていたらどうだろうか。嫁と姑《しゅうとめ》が火花を散らす台所に立っていたらどうだろうか。

ああ
人の世の
なんと うつろい
やすいことか
○シエクスピア
諸行無常

# 招きつづけていた猫

二年ほど前、友だちの車で名古屋近辺の撮影旅行をした。何かしら古い家並の残る町を歩きながらあれこれシャッターを切った。招き猫は焼き物などではよくあり、商店に飾られていたりするけど、石彫ははじめてだ。石で彫った動物といえば神社の狛犬《こまいぬ》とか狐くらいしか見たことがない。しかもこの石の招き猫は神社仏閣ではなく、ただの路地の裏の空地に無造作に置いてあった。

今年になってライカ同盟の撮影会で、名古屋近郊の有松という古い町へ行った。昔から有松絞りで有名なところだ。なかなかフゼイだなあと歩きながら、何となく誘われるように路地から路地へ踏み込んでいったら、空地の隅にこれを見て驚いた。二年前にぼくが撮影した物だ。こんなものが二つとあるわけがない。前に来たのも、じつは有松だったのだ。そんなことを忘れてまた有松を歩いていたのだ。この猫に会わなければそれさえも気がつかずに、ただ歩き去っていたかもしれない。ああ、老人力。

犬
犬
犬
犬
犬
犬
犬
犬
犬
犬
犬
犬

# 犬が十二

　この写真を撮ったときには、ぼくはまだ犬の世界のことをよく知らなかった。このシールが犬を飼っている家の標識というか、鑑査票みたいなものだとはわかるけど、この家では犬を十二匹も飼っているのかと驚いた。そのころは犬が怖かったので、もしこの扉を開《あ》けたら犬が十二匹一斉《いっせい》に飛び出してくるのかとびくびくした。

　その後意外にも自分が犬を飼うようになり、このシールは一年ごとの予防注射のたびにもらって貼るのだということがわかった。でもわかってみると、この扉にシールが十二枚あるということは、ここの犬は少なくとも十二歳以上だ。犬で十二歳ということは、人間でいうと七十歳だ。ずいぶん老齢の、すでに達観した犬の貌《かお》が想像される。このシールだけでこの犬は見たことがないのだけど、もう既にこの世を去っているのかもしれない。それにしてもずいぶん几帳面《きちょうめん》な犬のご主人である。

# 尾を引く窓

古い町に土蔵はよくある。土蔵の窓はときどき換気のために開いている。でもこういう鉄線を引きずる土蔵の窓ははじめて見た。窓の戸が彗星《すいせい》になったみたいだ。円軌道の尾を引きずりながら、戸がぐいーんと開いている。

どうしてこうなったのかと考えてみて、なるほど、土蔵には鉄格子があるのだ。だから手は出せない。手の先ぐらいは出せても、身を乗り出して戸を開ける、ということができない。そこで、なるほど。閉めるときは中で、この半円形の鉄の尾の先を引っ張るのだ。そうすると窓の戸がすいーん、がたん、と閉まる。蔵の中に、この鉄の尾の半円形が出っ張るわけだ。開けるときは中でその尾の先を押して、窓の戸がすいーん、がたん、と開いてこの状態となる。

うまく考えたものだ。何だかムダなような気もするけど、鉄格子があるから、やはりこうしかできない。昔はセコムもないから、土蔵の窓には鉄格子があった。それでこんな芸術が生れたのである。

## 好奇心の問題

うーん、しかしそう言い切ってしまっていいものだろうか。写真左の立看板。おっしゃることはわかります。タバコとか、シンナーとか、ドロボーとか、ボーソーとか、そういう悪い好奇心を言っているのだろう。それはわかる。

わかるけど、好奇心が全部いけないみたいに言われてしまって、じゃあ子供たちは何にも興味を示さず、黙ってご飯だけ食べて、トイレにだけ行って、きちんと眠るだけ眠っていればいいのだろうか。

「子供はどうして生れるの」

「いけません」

「空はどうして青いの」

「いけません」

「宇宙はどのくらい広いの」

「いけません」

というわけでもないと思うが。

好奇心
一歩入れば アリ地獄
西陣少年補導委員会翔鸞支部
母さんに 何でも
話そうかくさずに
西陣少年補導委員会翔鸞支部
かね甚

# 金属製の昆虫

東京の、あるゴルフ練習場の脇の駐車場。あれ？　と思った。車だろうか？　虫のように見えた。赤い虫が停ってる……。よく見るとスポーツカーだ。オープンカー。でも小さい。ずいぶん小さい。本当に走るんだろうか。

この一区画だけチェーンで囲ってあるのも何だか変だ。何か特別な、やんごとなき車なのではないか。

梯子《はしご》が屋根に伸びているのも変である。ここで車を降りて、やれやれというので屋根まで昇り、屋根から雲の上まで昇っていくような。

いまだに何だかわからぬ物件である。

# 立派なポール

うちの近く、この先一本道で車は通れない。だけどときどき通るのがいて、入口の際にあるうちの塀をこすってしょうがない。前から役所にかけ合って、やっとこの間、通行止めのポールを立ててもらった。鍵《かぎ》が付いていて、工事用の車などは管理者の許可を得て通れるようになっている。

で、やれやれだったが、春が過ぎて夏、ふと見ると、ポールの根元のところにふんわりと、生えるものが生えてきている。

おほ！　と思ったのはぼくだけだろうか。何だかこのポールも一人前になったような気がして写真に撮った。

地面が土であればどこに生えても不思議はないが、この場合は路面が舗装してあるにもかかわらず、やはり生えるところに生えてくるものだと感じさせる。なかなか立派な姿で、この角度がじつに若々しい。

# あぶない芸術

北海道の岩見沢といえば昔は鉄道の町。いまだってJRは走っているけど、昔の機関車時代の鉄と石炭の賑《にぎ》わいはない。

線路をまたぐ古い陸橋があり、車も通れるようになっていて、ちょっと変った造りだった。その橋の上の両側がコンクリートでガードされて、そこに四角い枠が描いてある。それが一定の間隔でいくつも並び、何だろうと思って近づくと、

「あぶない!!」

という文字が見えた。物凄く薄い文字だ。たぶん昔はもっと濃かったのだろう。最近のトマソン学ではこのタイプを、「蒸発物件」と名づけている。

# 葱《ねぎ》じゃあるまいし

これは何だ。現代ゲイジュツか。それとも宇宙人の碁《ご》並べか。ゴジラのタコ焼きか。タコ焼きにしてはちょっと平べったい。

じつはこれはぼくの材木である。ここは長野県茅野《ちの》市のカクダイ製材所。電柱くらいの材木を四本買って全部輪切りにしたのだ。

まだ輪切り途中で、一休みしてちょっと並べて眺めているところ。

こんなに短い輪切りにして、葱じゃあるまいし、何のためなのか。現代ゲイジュツか、と思われても仕方がない。

お茶室を造るのだ。設計は藤森照信さん。この輪切りにしたのをこんどは斧《おの》で割って、短い薪《まき》にして、積み上げて壁にする。そういうことはプロに頼んだら目玉が飛び出るし、だいいちやってくれないので、自分たちでやっているのだ。

# 自然のゲイジュツ化

長野県茅野市、カクダイ製材所。材木の山がある。その山をふと見ると、材木の切り口に絵が描いてある。

と思ってしまった。しかしこれはまだ原木だ。原木の切り口にこんな絵を描くだろうか。ひょっとして現代ゲイジュツか。

でもそれにしてはあまりにも無造作に転がしてある。よーく見ると年輪の芯のところに穴が開いていて、そこを中心に模様が出来ている。何か自然現象らしい。虫だろうか。それとも樹木自体の樹脂が染み出して、それがこのようにゲイジュツ化したのか。

たぶんそうだと思う。地元の人は別に驚いたりしてないから、自然なんだろう。凄いなあ自然は。

# 鉄琴の音

よく見ると鉄の楽譜が。

細工が細かい。そして正確である。

無言で声をかけられたようだった。

たとえば廃墟の中で、瓦礫《がれき》の上を歩きながら、転んだ拍子にふと蹴飛ばしたのがオルゴールの部品で、その一瞬歯車が回転して、二コト三コトのメロディーが鳴って止る。

そんな場面を想像した。

さる、どこだったかのお屋敷町。

大谷石の門。

鉄琴の音。

カメラはライカⅢf。レンズはエルマー5センチF3.5。

# 物悲しい小動物

馬は動物である。でもこれは植物である。何故かといって、根が生えている。形は動物かもしれないけれど、この場所から動けない。

こういう遊具というのは何となく物悲しげであるところに引かれる。なぜ物悲しいのだろうか。

嬉《うれ》しそうに遊んでいる子供の雰囲気だけが残り、いまは消えている。こんな単純なもので喜んでいるという、大人から見た子供の無知が感じられて、そんなことを感じる大人が物悲しくなるのだろうか。

でもこの形がすごく良い。馬らしいのは首と尻尾だけで、あとは機械的なバネとパイプ。その組合せがじつにムダなく綺麗《きれい》だ。可愛い。バランスがよく、置物として欲しくなる。

## ここは地球だ

何でもない屑《くず》入れに「地球」と書いてあるので（あれ？）と思った。たしかにここは地球だ。正しい。でもそれを屑入れに書くのは正しすぎる。

そばに折畳み式の椅子がたくさん重ねてあって、その背中にも「地球」とマジックで書いてある。全部に書いてある。

路上観察ではこの類を「プッツン物件」と呼んでいる。ある種の誇大妄想的な症状で一つのことに取りつかれて、それだけにこだわって集めて並べている。ふつうではない感じで「面白い」とは思うのだけど、それだけに「近づきにくい」とも思う。

でもこれは違う。東京大学である。宇宙論の松井孝典先生を訪ねたときのことで、東大理学部である。惑星科学ということで、その中のとくに「地球」なのだった。

ここは確かに地球である。間違いはない。正しいことって、不思議な味がする。

地球

# 書斎の脳みそ

ピークのアナスチグマット・ルーペ4X。視野広く周辺の歪みなし。

書斎というか自分の部屋というか、外から帰ってきた家の中の自分の根拠地というものがある。その根拠地に武器庫のようなものがあって、自分の愛用のカメラが何台か、ひっそり待機している。

奥さん、あるいは連れ合いに見られてもいいけど、積極的には見せない。見せても興味を持たれないということもあるし、

「またこんな物を買ったの?」

ということで紛争が起りかねない。相手がカメラに興味があればともかく、興味がないと全部同じに見える。それをうまく利用して、こっそり買ったカメラが露見して

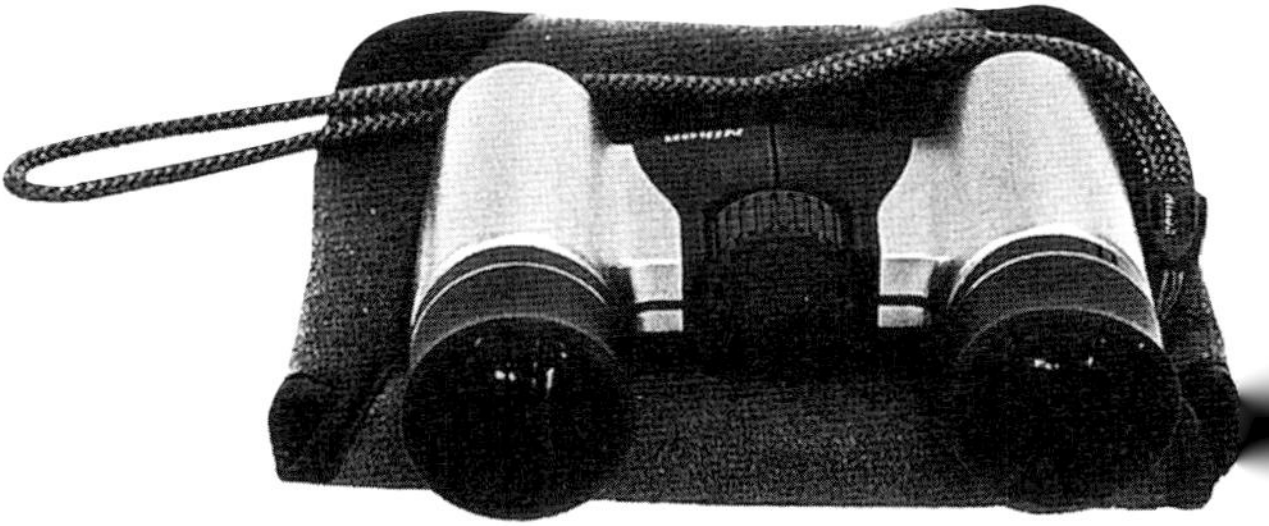

ニコン5×15チタンボディ近距離双眼鏡。1メートルからピントが合うので展覧会に便利。書斎での暇つぶしに重宝する。

も、

「いやあ、これは前に買ったやつだよ。この間の旅行にも持って行ったじゃないか」

といって、紛争をすり抜けている人もいる。ムダな紛争は避ける。家庭内の平和は大切である。

書斎はまた撮った写真を眺める場所である。ぼくの場合は全部スライドにして、それもマウントに入れてもらって、それをルーペで眺める。口には出さないけど、俺は天才だなあと思ったりして、惚れ惚れと眺めたりする。

そういう美品には、マウントに丸印をつける。丸までいかずに三角もある。出来の良し悪しじゃなくても、何かの資料として撮ったものなども三角をつけておく。出来の良し悪しの場合、これは凄いという天才

セイコーのクロック。クォーツ。
もう20年も目の前にある。

物件の場合は二重丸となる。

ラボに出すとスライドマウントの場合は、細長いプラスチックケースに入れられてくる。その中が三列に分れているので、丸や三角など印をつけた物は右の列に固めておく。自分の中での入選作品である。

この作業は楽しい。楽しいし、目が鍛えられる。一点だけではわからないけど、何点もの他の物と比べていくと、いろいろアラが見えてきたり、入選だった物にライバルがあらわれて落選になったりする。自分のはどれも可愛いといっている間はダメで、この中から三点、といった枠を作ると、どうしてもどれかを落さざるを得ない。そこで自分の独りよがりの目の中に一般の目というか、客観の目というか、少し離れたところからの目を持つことが出来るようになる。

モンブラン・シャープペンシル。
芯は金ペン堂特製ニューマン0.92
ミリ舶来用。

その写真に言葉をつける。いわゆるタイトル。そこでうまい言葉がつくとますます写真が輝くし、なかなかいいのがつかないと、写真そのものもふにゃふにゃとしおれてきたりする。いったん落選した写真をもう一度見ていて、ぽんといい言葉が浮かんで、それで俄然輝いてくる写真もある。敗者復活戦である。

写真の良さというのは、案外隠れていたりする。はじめから出ていると思った良さが、だんだん出しゃばりに感じられてきたりもする。写真の並べ方によっても違う。写真の味というのは微妙なもので、それをあれこれと自分の目の検査機にかけて測定する場所が書斎である。シャッターの現場も楽しいけど、書斎での脳みその現場もまた楽しい。

# あとがき

ここに出した写真はかなり長い年月の間に撮ったものだ。ほぼ時系列に並べてあって、ピンからキリまでのピンは八九年、キリは九六年。

「週刊小説」の巻頭ページで連載をはじめて、当初はちょうどぼくが熱中していたステレオ写真も二、三載せたが、この本にするにあたっては割愛した。ステレオ以外にも三十点ほど落し、代わりに数点新しく編入したのもある。

連載時のタイトルは「路上写真　キョロキョロ堂」。毎回写真一点に小文をつけて、気楽にやらせてもらった。

ぼくはいつもカラーリバーサルで撮っているけど、その連載ページは二色刷りなので、はじめからモノクロのつもりで選んだ。ただし本にするのに二色はどうも落着かないので、墨一色に還元した。

写真のテーマは特になくて、ちょっと気になるものにカメラを向けて、何故気になるのかを後で考えた。

カメラが好きだから何でもいいからシャッターを押したいが、でもやはり、わずかでも面白味がないとカメラが向かない。その場ではカメラが向いて、シャッターを押したが、写真になったのを見て、どうもちょっと、とがっかりするのは無数にある。

北は北海道から南は沖縄まで、外国もロンドン、ベルリン、ブータンなど。いずれも何か仕事の名目で行ったのだと思うが、ここに出した写真は何の名目もなしに撮っている。名目のないのがいちばん楽しい。

モノクロの写真集ははじめてで、見せたい色をあえて隠すという禁欲的な快感を、多少味わうことができた。

フレーミングは連載時のページの都合で、フルサイズの長方形を多少短くカットしてある。それは編集部におまかせだけど、本にするにあたってはそのフレーミングを踏襲した。

連載時の編集担当は岡田徹氏、本にするにあたっては豊宣光氏、ブック・デザインは田淵裕一氏、お世話になった皆さんに感謝します。

一九九八・三・一八　赤瀬川原平

# 解説　赤瀬川さんの謎

大平健

ＳＭ君から電話があった。ＳＭ君といっても須々木麻起子さんの頭文字ではなくて、縛り叩きの人である。お客の某編集者から本をもらったら、それが面白くて面白くて仕事をする気にならなくなったというのである。

「老人とカメラっていう本なんですけど、知ってます？」

知ってますともさ、と僕が答えると、

「この本、凄いんですよ。凄いと思いません？　こんな本ってほかにあります？」

ありませんねえ……。冒頭からかように突っ走っている本なんて、赤瀬川さんの本でもそうそうはありません。ちょっと見てみましょうか。

第一話の『よく出る小便小僧』（九頁）。こういうキャプションがついていれば、誰だって、この写真に写っている小僧の異常な噴出力に注目しますよね。ところが、赤瀬川さんは素知らぬ顔で「生の尿を飲む健康法」の話を書き、最後に（これを飲んでも）「ムダというのもおかしいか」と締めくくる。

この一行、理屈に合いませんよー。「小便小僧の水を飲んでもムダ」に決まっているんだし、たぶん、「生」のほうだってムダでしょ？　だから国語の問題として、この一行はまったく不要、なはずなのですけど、これが妙。刺身のツマのように、ぴたと収まっているではありませんか。

「赤瀬川さんとかっていう人、不思議な人ですよね」

あ、これはＳＭさんではなくて、僕の感想です。（どうでもいいことですが、なぜＳＭ君だのＳＭさんだのが登場するかについては、『新解さんの謎』参照のこと）

不思議な一行は第二話、『海の男の掛け軸』（一〇頁）にもあります。「しかし海は広いから、飲酒運転も水割り運転になるのか」だなんて、まるでリクツが通りません。ちゃんとした編集者なら〝疑問点〟として先生に注意するはず。それを見逃したのは、たぶん、仕事を忘れてＳＭさんとの遊びに、いやいや、原稿を読むのに耽っちゃったから。そうとしか思えません。

『侘《わ》びと寂《さ》びの激突』（二二頁）となると、もっと「凄い！」。三行目に「あとは書くことがない」と明言して置いて、それから七行も書いていますです。

編集担当者に限らず、たぶん、フツーの読者もこういうことは気にならないんでしょうね。ニンマリしながら、読んでいってしまう。

だけど、僕はそうはいきません。何しろ、先日来『文章術のヒミツ』という某企画で赤瀬川さん本を教材に日本語の書き方を習い始めている身の上なのです。（担当教官の名前はアカセガワ先生。偶然ですけど）で、僕としては、教材を分析的解析的微分積分的に研究をしなくちゃならないもので、「あ、やっぱり。いやこれシャレじゃないんだけど、やっぱりやっぱりだったか」てな具合に手の込んだシャレ（ですよね。やっぱりコレは！）を言われると、どういう体型の人がどういう体位になるとこういう文章が書けるものやらと、ついつい考え込んでしまうわけです。

ワタクシ、赤瀬川さんの体型はかなりよく知っています。以前街頭で、カメラを持った赤瀬川さんの等身大看板にであったことがあるからですが、そのときの印象で言うと、ケータイ屋の前にかつて立っていた藤原紀香（の看板）よりもやせ、浜崎あゆみ（の看板）よりは背が高い。体位は、コレは想像するしかありませんが、本書掲載のルネットゥ・オプティーク・エ・ソレールFなる老眼鏡を二つも掛け、これまた本書掲載のモンブラン・シャープペンシルを右手に持って、またまた本書掲載の猫マーク入りの専用原稿用紙に前屈みになっておられるのでしょう。

かように、赤瀬川さんの実像を再構成というか想像してみて分かるのは、赤瀬川さんの文章はマルセル・デュシャンだということです。いや、文のすべてが便器というわけではありません。むしろ、全体の印象は印象派です。光溢れるアウトドアの心地よさ。そこへ、デュシャンが横から横槍ならぬシャープペンシルを出す。

「……港町だ。何かしら気分ぴったりの看板。」（二四頁）と書いたあとに、突然「ぼくは一瞬文学かと思った」と続ける。ここで笑わぬ人はいないだろう。笑いとはその場の状況の秩序が〝ほんの少し〟揺らいだときに起こるもんですから。

たとえば、ある日こんな場面に遭遇しました。それは、ラッシュというほどではないが、かなりの人が乗った電車の中だったのですが、座席にひとりの紳士が座っていましてね。どういうわけか、彼の前にだけは人が立っていない。よく見ると、その紳士は鼻くそをほじっては、指を弾いてそれを飛ばしているんですわ。皆の顔つきから、そのダークスーツ氏の行為に好感を持っている人が皆無なことが分かりました。もちろん、僕だって、「それ」の飛んでこないところに立ったのです。しばらくして、電車がカーブで大きく揺れ、「痛い！」。紳士の叫び声が響きました。つい見ると、彼の指先には引き抜かれた鼻毛が一本残っていたのです。混んだ電車は爆笑の渦に包まれました。

〝ほんの少し〟秩序の揺らぎがあると、笑いが起き、秩序は大きく揺らぐ。そして、笑いが静まると、秩序は回復するものです。電車の群衆もふたたび都会の無関心の表情に戻ったのでした。

というわけで、赤瀬川さんの文章の面白さは突然のデュシャンである、と僕は考えるのであります。スザマジイほどのぼろ家の写真を見て、思わず僕たちがふき出すのは、キャプションの『ゴッホとモンドリアンの家』（二八頁）というのが一本の鼻毛のようにトートツだからでしょ？

『Uタン撮影』（三六頁）では「はじめは暴走族の落書きかとおもった」と言って置いて、直ちに自分で「それにしてはちょっと気が弱い……」と受けてしまう。『埼玉の野良ライオン』では……ちょっと引用のしようがないので、七四頁を読んで下さい。「それがあまりにもお座なりの場合は」の句に注目。『粗暴な善意』（七六頁）では、「ずいぶん大胆というか、乱暴というか、ズサンというか、強引というか、何というか。」で改行！でしょ？　この文自体が大胆というか乱暴というかズサンというか、便器、ではありませんか。『富士山は五千円』（八〇頁）となると「なるほど、あそこがあそこで、ここがここか」です。もうずーっと最後までこの調子。ゴミ捨て場の縁起物の熊手は「商売が繁盛し終わった」。アサヒビールのオブジェ清掃員の身を案じているかと思えば「しかし、日当はいくらなのか」。「ペットボトルはペット駆除という本来の目的を脱して」「今後の人生問題であるが、ここは常滑である」「子供の雰囲気だけが残り、いまは消えている」……。

　赤瀬川さんの実像を見たヒトの証言によれば、彼はとても信号機に似ているという。納得のいく話である。ほら『うちの信号』でも赤瀬川さんが赤・青・赤だとか赤・黄・黄と不規則に点滅しているじゃありませんか。

初出
『週刊小説』（'91年9月27日号～'96年12月20日号）に連載された「路上写真　キョロキョロ堂」をもとに構成。
出典
本書は、一九九八年四月、実業之日本社より刊行された。

**超芸術トマソン**　赤瀬川原平

都市にトマソンという幽霊が！　街歩きに新しい楽しみを、表現世界に新しい衝撃を与えた超芸術トマソンの全貌。新発見珍物件増補。（藤森照信）

学術小説
**外骨という人がいた！**　赤瀬川原平

言葉や活字遊び、ただの屁理屈、ナンセンス…。超モダンな雑誌を作った宮武外骨の表現の面白さをひたすら追求した〝学術小説〟。（中野翠）

**路上観察学入門**　赤瀬川原平／藤森照信／南伸坊編

マンホール、煙突、看板、貼り紙……路上から観察できる森羅万象を対象に、街の隠された表情を読みとる方法を伝授する。（とり・みき）

**反芸術アンパン**　赤瀬川原平

芸術とは何か？　作品とは？　若き芸術家たちのエネルギーが爆発した六〇年代の読売アンデパンダン展の様子を生々しく描く。（藤森照信）

**東京ミキサー計画**　赤瀬川原平

延び、からみつく紐、梱包された椅子、手描き千円札、増殖し続ける洗濯バサミ……。ハイレッド・センター三人の芸術行動の記録。（南伸坊）

**じろじろ日記**　赤瀬川原平

日ごろ見なれた物や事をジロジロ見ると別の姿が見える。お茶会、宝石、国宝のいろいろ、銭湯、カメラ……。不思議な観察日記。（林丈二）

**トマソン大図鑑**　無の巻　赤瀬川原平編

街なかにひっそりとたたずむ、無用だけどなぜか人の心をとらえて離さない〈トマソン〉。四半世紀の間に発見された名品を網羅した空前の大図鑑。

**トマソン大図鑑**　空の巻　赤瀬川原平編

秘かに笑うのもよし、深く思索にふけるのもよし。都市と意識の狭間に棲息する、世にも奇妙な物体〈トマソン〉は、見る者に静かに語りかける。

**こいつらが日本語をダメにした**　赤瀬川原平／ねじめ正一／南伸坊

「道草を食う」とは何を「食う」のか？　慣用句や格言を解体し、とんでもない内容につくりかえる、まったくもってふとどきな珍明解国語辞典。

**ちょっと触っていいですか**　赤瀬川原平

昔の金属カメラは素晴らしい。しかも探すと安いものもある。中古カメラの虜となった著者が手にとったひと味違う銘機を紹介。（佐々木マキ）

**ライカ同盟**　赤瀬川原平

中古カメラウィルスにとりつかれると、治療すればする程重症になるというカメラを巡るお話。他にしみじみ「天体小説集」収録。（山下裕二）

**老人力**　赤瀬川原平

20世紀末、日本中を脱力させた名著『老人力』と『老人力②』が、あわせて文庫に！　ぼけ、ヨイヨイ、もうろくに潜むパワーがここに結集する。

**温泉旅行記**　嵐山光三郎

自称・温泉王が厳選した名湯・秘湯の数々。旅行ガイドブックとは違った嵐山流遊湯三昧紀行。気の持ちようで十分楽しめるのだ。（安西水丸）

**頬っぺた落とし う、うまい！**　嵐山光三郎

うまい料理には事情がある。不法侵入者のカレー、別れた妻の湯豆腐など20の料理にまつわる、ジワリと唾液あふれじんと胸に迫る物語。（南伸坊）

**活字の人さらい**　嵐山光三郎

戦後十年、力道山が活躍し、初のゴジラ映画が封切られた時代、本好き少年祐太に数々の事件が降りかかる！　本邦初冒険読書小説。（椎名誠）

**きつねうどん口伝**　宇佐美辰一

究極の味を求めて水をきわめ、道具の心を知ろうと包丁を鍛える。元祖きつねうどんの店・松葉家主人が明かす美味の秘密。（佐々木幹郎）

**ぼくの浅草案内**　小沢昭一

当代随一浅草通・小沢昭一による、浅草とその周辺の街案内。歴史と人情と芸能の匂い色濃く漂う街を限りない郷愁をこめて描く。（坪内祐三）

**駅前旅館に泊まるローカル線の旅**　大穂耕一郎

勝手気ままなブラリ旅。その土地の人情にふれ、生活を身近かに感じさせてくれるのが駅前旅館。さあ、あなたもローカル線に乗って出かけよう！

**大正幻影**　川本三郎

隅田川の水辺を描き続けた佐藤春夫、谷崎、荷風らに共通する幻想性をたどり発見する「幻影の町」。サントリー学芸賞受賞。（坪内祐三）

**私の東京町歩き**　川本三郎　武田花写真

佃島、人形町、門前仲町、堀切、千住、日暮里……。路地から路地へ、ひとりひそかに彷徨って町を味わう散歩エッセイ。

私の東京万華鏡　川本三郎　武田花写真
下町・川・相撲・墓地……ふと気がついた断片を散りばめて、くるくる回して見る東京万華鏡。もう一つの東京町歩き。（片岡真由美）

東京つれづれ草　川本三郎
試写室を出て飲む銀座のビール、古書街の今昔、下町の小さな商店街に残っているモノ、坂道……こよなく愛する東京の町を歩く。（永留法子）

東京おもひで草　川本三郎
佃島の住吉神社あたりの船溜り、墨田の狭い商店街、人形町の路地――東京の懐かしい風景を拾い集めて綴るエッセイ三十八篇。（岡崎武志）

大正時代の身の上相談　カタログハウス編
他人の悩みはいつの世も蜜の味。大正時代の新聞紙上で129人が相談した、あきれた悩み、深刻な悩みが時代を映し出す。（小谷野敦）

トンデモ一行知識の世界　唐沢俊一
何の役にも立たないけれど、つい誰かに話したくなるカルトな知識がギュウ詰め。〝必笑〟の雑学ネタど～んと三〇〇本！（植木不等式）

お父さんたちの好色広告　唐沢俊一
昭和のお父さんたちの元気な股間に直撃した名作エロ広告を一挙大公開。下心をくすぐり妄想を掻きたてる名文句をご堪能あれ。（小宮卓）

木村伊兵衛　昭和を写す1　木村伊兵衛　田沼武能編
戦前の「旧満州」、沖縄に始まり、戦中・戦後の人々の暮らし、街の風景、路地など時代の細部に目を配り巧みにとらえた生活の息吹。（川本三郎）

木村伊兵衛　昭和を写す2　木村伊兵衛　田沼武能編
敗戦直後の荒廃した東京の街。まずしく混乱した日々。やがて風景が復活し風俗習慣もよみがえる。新しい時代の活力を伝える傑作。（小沢信男）

木村伊兵衛　昭和を写す3　木村伊兵衛　田沼武能編
横山大観はじめ四人の画家の肖像、志賀直哉、川端康成など作家の風貌、俳優の表情そして六代目菊五郎の舞台。あふれる充実感。（出口裕弘）

木村伊兵衛　昭和を写す4　木村伊兵衛　田沼武能編
秋田を知り作風は一段と磨かれた。農村の暮しの克明な記録の中から風雅な香りさえ漂ってくる。幸せな出会いから生れた傑作集。（むのたけじ）

赤線跡を歩く　木村聡
戦後まもなく特殊飲食店街として形成された赤線地帯。その後十余年、都市空間を彩ったその宝石のような建築物と街並みの今を記録した写真集。

花の大江戸風俗案内　菊地ひと美
時代小説や歌舞伎をより深く味わうために必携の一冊。江戸の廓遊びから衣装・髪型・季節の風俗を美しいイラストと文章で紹介。文庫オリジナル。

10宅論　隈研吾
ワンルームマンション派・カフェバー派・清里ペンション派・料亭派などの住宅志向を分析しながら論ずる日本人論。（山口昌男）

文房具56話　串田孫一
使う者の心をときめかせる文房具。どうすればこの小さな道具が創造力の源泉になりうるのか。文房具の想い出や新たな発見、工夫や悦びを語る。

考現学入門　今和次郎　藤森照信編
震災復興後の東京で、都市や風俗への観察・採集からはじまった〈考現学〉。その雑学の楽しさを満載し、新編集でここに再現。（藤森照信）

私説東京放浪記　小林信彦
バブル経済崩壊の傷跡残る都心部から東京ディズニーランドまで――。21世紀目前の東京を歩いて綴ったエッセイ。挿画・小林泰彦。（枝川公一）

映画を夢みて　小林信彦
J・フォード、マルクス兄弟、ルビッチ等にいち早く注目。豊かな知識と深い洞察力に裏打ちされた映画評論、三十年の集大成。（瀬戸川猛資）

一少年の観た〈聖戦〉　小林信彦
下町での生活、日米開戦、集団疎開、そして敗戦。戦争下で観た映画の数々。一人の子供の成長のドキュメントともうひとつの映画史。（泉麻人）

私説東京繁昌記　小林信彦　荒木経惟写真
日本橋に生まれ育った著者が、東京オリンピックを境に急激に変貌を遂げた東京を写真家・荒木経惟氏と歩き綴った極私的東京史。（吉本隆明）

発明超人ニコラ・テスラ　新戸雅章
殺人光線、地震兵器など超兵器開発の先駆者として、怪しげな伝説を残す天才発明家。オウム、及び日本との関わりを書き足した、日本初の正伝。

田中小実昌エッセイ・コレクション1 ひと　田中小実昌　大庭萱朗編

飄々とした人柄と軽妙な文体で、没後もなお人気を集める作家のエッセイ集。第一巻は、作家・友人・女性たちとの交遊など。（団鬼六）

田中小実昌エッセイ・コレクション2 旅　田中小実昌　大庭萱朗編

目の前にバスが止まれば行く先がわからなくても乗ってしまう人、それがコミさん。日本を世界をふらつきうまい酒と人に出会う。（角田光代）

田中小実昌エッセイ・コレクション3 映画　田中小実昌　大庭萱朗編

映画館あるところどこでも出没するコミさんが、芸術映画からポルノまでありとあらゆる映画を観戦。'64〜'90年の映画史もわかる。（川本三郎）

江戸あきない図譜　高橋幹夫

江戸人の「稼ぎ」の技とテクニック。江戸の金融・運送・商店・行商に着目し、三百点余の図版を駆使して実証する江戸ビジネス事情入門書。

江戸あじわい図譜　高橋幹夫

福茶・さより・はららご・ひょうひょう栗……春夏秋冬、年中行事に沿って江戸の食材の旬を楽しみ、その料理をまるごと味わう。収録図版多数。

決定版 日本酒がわかる本　蝶谷初男

うまい酒が飲みたい。そのためには酒を「見る目」を磨くこと！　読めば見分けられ、そして味わいも増す、日本酒党必携の一冊。推薦銘柄一覧付。

ひとが生まれる　鶴見俊輔

ひとが自分というものを意識し始めるのはどんな時だろう？　田中正造ら五人の生涯を描くことで、私たちの生きる社会を考える。（赤川次郎）

老いの生きかた　鶴見俊輔編

限られた時間の中で、いかに充実した人生を過ごすかを探る十八篇の名文。来るべき日にむけて考えるヒントになるエッセイ集。

小さな生活　津田晴美

暮らし方は、その人の現実への姿勢そのものだ。流れに身をまかせた時代を卒業し、自分らしい「小さな生活」を築きたい人へ。（渡辺武信）

旅好き、もの好き、暮らし好き　津田晴美

旅で得たものを生活に生かす。風景の中に「好き」を見つける。インテリアプランナーの視点から綴る、旅で見出す生活の精神。（沢野ひとし）

**下町小僧**　なぎら健壱

下町生まれの異色のフォーク・シンガーが綴った昭和30年代の下町の小僧たち。縁日、夜店、紙芝居と、あのなつかしい世界再び。（鹿島茂）

**東京酒場漂流記**　なぎら健壱

異色のフォーク・シンガーが達意の文章で綴るおかしくも哀しい酒場めぐり。薄暮の酒場に集う人々との無言の会話、酒、肴。（高田文夫）

**日本フォーク私的大全**　なぎら健壱

熱い時代だった。新しい歌が生まれようとしていた。日本のフォーク――その現場に飛び込んだ著者ならではの克明で実感的な記録。（黒沢進）

**東京の江戸を遊ぶ**　なぎら健壱

江戸の残り香消えゆくばかりの現代・東京。異才なぎら健壱が、千社札貼り、猪牙舟、町めぐり等々、江戸の「遊び」に挑む！（いとうせいこう）

**不良のための読書術**　永江朗

洪水のように本が溢れ返る時代に「マジメなよいこ」では面白い本にめぐり会えない。本の成立、流通にまで遡り伝授する、不良のための読書術。

**アダルト系**　永江朗

ノーパン喫茶、SM店等風俗にはまる人々、デブ専・フケ専、女装等ディープな趣味の人々、盗聴、雇用調査等裏ビジネスの真相。（花村萬月）

**偽史冒険世界**　長山靖生

義経＝ジンギスカン説、ムー大陸＝日本説など明治以降のトンデモ学説や偽書、空想小説の数々を、もう一つの歴史として読み直す。（鹿島茂）

**古本屋おやじ**　中山信如

東京三河島で映画書専門の古書店を営む筆者の、日がな店番や市場での出来事、目録販売など古本屋魂あふれる日々をつづる。（出久根達郎）

**これも男の生きる道**　橋本治

日本の男には「男」としての魅力がないのか？「男のありかたを見直すこと、旧来のなれあい関係から脱出すること」により新生する男像とは？

**これで古典がよくわかる**　橋本治

古典文学に親しめず、興味を持てない人たちは少なくない。どうすれば古典が「わかる」ようになるかを具体例を挙げ、教授する最良の入門書。

**欲望の迷宮 新宿歌舞伎町** 橋本克彦

セックス、暴力……、あらゆる欲望を飲み込む街の妖しい魅力。そこに吸い寄せられる男と女の人間模様。不夜城・新宿を追ったルポの決定版！

**建築探偵の冒険・東京篇** 藤森照信

街を歩きまわり、古い建物、変った建物を発見し調査する〝東京建築探偵団〟の主唱者による、建築をめぐる不思議で面白い話の数々。（山下洋輔）

**アール・デコの館** 増田彰久写真 藤森照信

白金迎賓館（旧朝香宮邸）は、アール・デコの造形にあふれている！ それに魅せられた二人が案内する、稀代のアール・デコの館。（赤瀬川隼）

**モノの値打ち 男の値打ち** 藤本義一

モノに愛しさを感じられれば人生は楽しくなる。モノへのこだわり心が何げない日々を価値あるものに変える。その極意を伝える。（松尾貴史）

**お金じゃ買えない。** 藤原和博

ほんとうに豊かな時間を得るための知恵とは？ お金じゃ買えない自分だけのI・A（見えない資産）を増やすための教科書。（テリー伊藤）

**給料だけじゃ わからない！** 藤原和博

あなたは働きすぎていないか？ やりがいを見つけ、会社にコキ使われずに、自分の人生の主人公になるために、ほんの少し視点を変えてみよう。

**味方をふやす技術** 藤原和博

他人とのつながりがなければ、生きてゆけない。でも味方をふやすためには、嫌われる覚悟も必要だ。ほんとうに豊かな人間関係を築くために！

**思いちがい辞典** 別役実

辞書・辞典類のありきたりの意味や使用例よりも、「思いちがい」がいかに日常生活を豊かにしているかを、その効用にも言及し、促す書。（宮沢章夫）

**ことわざ 悪魔の辞典** 別役実

時代を生き抜くためには多くの教訓が必要である。「ことわざ」のあっと驚く新解釈で、正しい身の処し方を学ぶ現代人の手引書。（青山南）

**蒸気機関車 再発見の旅** 松尾定行

大地を轟かせ疾駆した蒸気機関車の勇姿をとらえた写真の数々を紹介するとともに、いまその車輛はどうしているのかを日本全国に訪ね歩く。

**ねぼけ人生〈新装版〉** 水木しげる

戦争で片腕を喪失、紙芝居・貸本漫画の時代と、波瀾万丈の人生を、楽天的に生きぬいてきた水木しげるの、面白くも哀しい半生記。（呉智英）

**妖怪天国** 水木しげる

「古稀」を過ぎた今も締切に追われる忙しい日々をボヤキつつ「妖怪」と聞くだけで元気になる水木センセイの面白エッセイ集。（南伸坊）

**笑う写真** 南伸坊

写真で遊ぶ。写真と遊ぶ。写真というメディアの「真実らしさ」をパロディで笑い、そのからくりと読み方をさぐる。（篠山紀信）

**顔** 南伸坊

顔面的思考とは何だろう。ナゾだらけの顔面をあえて理屈の俎上にのせ、顔面の人・南伸坊が世に問う顔面学・事始め。（ナンシー関）

**大人の科学** 南伸坊

「変態」「不老不死」「解剖」「美人」等々身の回りのフシギから脳の中までを面白楽しく考察するニコニコフムフムの科学エッセイ。（中野翠）

**国語辞典で腕だめし** 武藤康史

新明解国語辞典の語釈からことばを当てよう。解答には用例や解説を豊富に併載。日本語を広く深く味わいつくし、あなたのことば力を試す！

**谷中スケッチブック** 森まゆみ

昔かたぎの職人が腕をふるう煎餅屋、豆腐屋。子供たちでにぎわう路地、広大な墓地に眠る人々。取材を重ねて捉えた谷中の姿。（小沢信男）

**不思議の町 根津** 森まゆみ

一本の小路を入ると表通りとはうって変って不思議な空間を見せる根津。江戸から明治期への名残りを留める町の姿と歴史を描く。（松山巖）

**ヨーロッパぶらりぶらり** 山下清

「パンツをはかない男の像はにが手」「人魚のおしりは人間か魚かわからない。」〝裸の大将〟の眼に写ったヨーロッパは？　細密画入り。（赤瀬川原平）

**日本ぶらりぶらり** 山下清

坊主頭に半ズボン、リュックを背負い日本各地の旅に出た〝裸の大将〟が見聞きするものは不思議なことばかり。スケッチ多数。（壽岳章子）

ちくま文庫

老人とカメラ――散歩の愉しみ

二〇〇三年二月十日　第一刷発行

著　者　赤瀬川原平（あかせがわ・げんぺい）
発行者　菊池明郎
発行所　株式会社　筑摩書房
東京都台東区蔵前二―五―三　〒一一一―八七五五
振替〇〇一六〇―八―四一二三
装幀者　安野光雅
印刷所　大日本印刷株式会社
製本所　株式会社積信堂
ちくま文庫の定価はカバーに表示してあります。
乱丁・落丁本の場合は、お手数ですが下記へご送付下さい。
筑摩書房サービスセンター
埼玉県さいたま市櫛引町二―六〇四　〒三三一―八五〇七
電話番号　〇四八―六五一―〇〇五三

ISBN4-480-03794-2 C0195